知的生きかた文庫

はじめての俳句レッスン

辻　桃子
安部元気

三笠書房

はじめに

葉書のお便りを書くように、誰でも一句がつくれます

この本は、俳句に興味があるけれど、どうやってつくったらよいのかわからない、という初心者のために、とりあえず最初の一句をつくる手がかりになればよい、と思って書きました。

俳句の基本は、**五・七・五の定型におさめることと、季語を入れるということ**です。この二つさえ守られていれば、これは俳句といえます。じょうずにつくる必要はありません。あなたが見たこと、思ったことを、あなたのことばで詠んでみましょう。

俳句は、つくりながら学んでいくことが大切です。つくりながら季語の意味や切《きれ》字《じ》を知ると、俳句も上達します。

第1章では、俳句づくりをはじめる前の心構えをお伝えします。気軽にはじめられる俳句の楽しさを知ってください。第2章では、俳句づくりの基本を解説してい

ます。はじめて俳句をつくる人にわかりやすいように、基本の決まりごとを、ていねいに説明しました。第3章では、俳句のいろいろなスタイルを紹介しています。第4章では、初心者の実作と添削の例を、ポイントをおさえて解説しています。俳句を実際につくるうえでの参考にしてください。

まずは、トライしてみましょう！

本書が「俳句ってたのしい」と思ってくださるきっかけになれば、この上ない喜びです。

辻 桃子

安部元気

目次

第1章
俳句づくりをはじめる前に

第2章 俳句づくりの基本を知りましょう

第3章 俳句の様式を学びましょう

第4章 添削で句作をレベルアップしましょう

本文イラスト／くぼあやこ
編集協力／ブライズヘッド
本文ＤＴＰ／フォレスト

添削記号の見かた

189ページからの添削例で使用している記号です。

枝々につかまり下る夏①の山②や

道標立ちし枯野に③や風少し

④投げるかな冬の川面に石一つ

① 文字を挿入する
② 文字を削除する
③ 文字を差し替える
④ 位置を入れ替える。この場合は、「投げるかな」と「石一つ」の位置を入れ替える

第1章

俳句づくりをはじめる前に

俳句に興味をもったら、まずは俳句とはどんなものかを知っておきましょう。俳句の楽しみかた、俳句づくりの心構えなどをご紹介します。

なぜ俳句をつくるのでしょうか

自分の表現を人に伝えてみる

松尾芭蕉《まつおばしょう》は俳句をつくることを「夏炉冬扇《かろとうせん》」といいました。夏にたく炉のようなもの、冬につかう扇のようなものという意味で、実際の役には立たないということを、たとえていったことばです。

俳句は、そういう意味では、なんの役にも立たないというのがほんとうのところです。

それなのに私たちは、ときどき俳句をつくりたくなります。自分の心に感じたことをことばで表現したくなるのです。

小さな吐息のようなことばの表現でも、一句つくってみるとなにかほっとするのは、つくったことのある人なら誰でも経験があるでしょう。
楽しいことなら、「私はいま、こんなに楽しいんだ」と改めてうれしくなります。悲しいときでも、定型にあてはめられた悲しみを詠むことで、自分の悲しみを他人事のように客観的にとらえることができます。このように表現しながら生きることは、**流されずに自分の人生をじっくりと見つめながら生きていくということ**です。一句をつくることで、ほかの人にも思いを伝えることができます。つくった人の心にしみることばであったら、読んだ人も自分の人生を見つめるきっかけになるはずです。

この道の続くかぎりの野菊かな　本間《ほんま》のぎく

季語　**野菊**（秋）

「この道」は、野菊の咲いている現実の道なのですが、人生の道のようにも思えます。

自己表現の苦手な人こそ俳句を

世の中には、自己表現のじょうずな人とへたな人がいます。じょうずな人には、いつでも自分を表現する場がありますが、へたな人は、表現できないことの鬱屈《うっくつ》や悲しみ、さびしさをいつも抱いているものです。そうした人は、とかく物静かで恥ずかしがり屋です。次の句を見てください。

春昼の湖《うみ》を出たがる湖の波　桃子《ももこ》

季語　春昼（春）

とても恥ずかしがり屋の句です。どうして？　と思われるかもしれませんね。この句の作者は私ですが、波が湖を「出ていきたがっている」と詠んでいるのは、なにやら作者自身、狭いところから出ていきたがっていると感じませんか？

実際、私はそう思っていました。でも「こんな息苦しい環境から抜け出したい」

なんていうのは、なんだか恥ずかしくてストレートにはいえません。ですから、湖の波の動きに託して、気持ちを表現したのです。

俳句なら、恥ずかしくていえないことも、もしかしたら伝わるのではと、ちょっと期待しつつ、書いてしまうのです。

春帽子カレーライスの横に置く　　藤森《ふじもり》かずを

季語 春帽子（春）

この句の作者も、自分の心のなかにあることを表現するのが苦手なのだろう、と私は思います。

ですから、なにもいわず、「帽子」を卓のカレーライスの横に置いた事実だけを句にしました。でもそれだけで、なにやら心に思うことがあるのだろうな、と私は思いました。なにもいわないほうが伝わってくるものがあるのです。

俳句の楽しみを知りましょう

短いことばに素直な思いを託す

俳句には表現する喜びと、それを読み手に伝える喜びのあることがおわかりいただけたと思います。でも、俳句の喜びは、これだけではありません。俳句づくりが楽しくなる秘密をお教えしましょう。

昔、私が現代口語詩を書いていたとき、ついありのままの思いをずらずらと書いてしまうので、詩を書きながらも、書いている自分がとても恥ずかしくてたまらなかった経験があります。

でも、俳句という表現方法なら、五・七・五にあてはめ、「や」とか「けり」ということばをつかってみると、なにやらそれなりに格好がついて、不思議なことに自分で書いていながら、少しも恥ずかしくないのです。また、このような五・七・五の定型で表現すると、いたずらに感情におぼれることもなくなるようです。

俳句は十七音という短いことばですから、見たことや思ったことを、そのまま盛り込むことはできません。でも、目に見える「季語《きご》」というものに託すことで、思いをそっと伝えることができます。

知らないことばを知る

あなたが俳句をつくらなくても、「家の前はすっかり稲が色づいて、毎朝雀《すずめ》が群れて、にぎやかに鳴いている」のを見ることはできます。

けれども、俳句をはじめると、ただ稲が色づいたというだけでなく、この「稲」ということばが、俳句のなかでどのようにつかわれているかに興味をもつようになります。「稲」は春にもみを蒔《ま》き、夏には田植えをし、秋には稲刈りをし、というふうに季節のなかに生きていることばなのです。

このような季節を表すことばを「季語」といって、この**季語が俳句のなかに入ることで、その句の季節がわかるのです**。つまり、「稲が色づく」といえば秋ですから、この一句が秋につくられたことは、説明しなくてもわかります。

「稲が色づく」は、季語として別のいいかたもできます。歳時記を開くと、「実り」「稔田《みのりた》」「稲雀《いなすずめ》」といった季語が載っています。みな豊作の秋を表すことばです。このように、知らなかったことばを知るのも、俳句の楽しみのひとつです。

日常や自然を感じ取る

ただ眺めているだけだった庭を見て、ほかに、どんな秋を表現できる季語があるのか知りたくなるでしょう。菊の花、柿の実、とんぼ、秋の蝶《ちょう》、桜紅葉《さくらもみじ》、空には秋の雲が見えます。秋風も冷ややかな空気を運んできます。これらはみな季語です。

このように、ちょっとした自然を注意深く見たり、肌で感じることが俳句の大きな喜びです。

この喜びを覚えたら、毎日の通勤や買い物の時間にも、見るべきものがたくさんあることに気がつきます。ありふれた街の風景が、一変して見えてきます。

バスを待つ背中にぬくき秋日かな

季語 **秋日**（秋）

電車来るまで見てゐたる秋の雲

季語 **秋の雲**（秋）

落葉踏む病院へ行く道すがら

季語 **落葉**（秋）

俳句づくりにあると便利なもの

縦書きのもので気分を出す「句帖《くちょう》」

「句帖」は俳句を書きつけるノートで、「俳句手帖」ともいいます。句帖は俳句が書ければなんでもよいのですが、せっかくあなたがつくった、世界でたった一句の句を書きつけるのですから、仕事の手帳の隅に書くのではなく、**俳句だけを書くためのノートを一冊新調してはいかがでしょうか。**そのほうが、「さあ、一句つくるぞ」という気分にもなれるはずです。

手帳は、ふつう横書きが多いですが、俳句は生活や仕事のメモとは違います。たとえつたない句でも、「あなただけの大切な詩」を書くのですから、日本人が昔からやってきたように、縦書きを守りたいものです。縦書きの手帳は、文房具店で手に入ります。

ある俳人が、俳句は縦の寸法が目にぴたりと入る大きさでできている、というようなことをいっていました。五・七・五の文字がいっぺんに目に入る、ということです。私も、俳句は縦にひと目でぱっと読み取れることが大事だと思っています。

句帖の表紙には、必ず何年の何月何日か、つかいはじめた日付を入れておきます。そうしておけば、あなたが俳句をはじめた日が一生の記念になります。一句つくるたびに、日付を入れておくのもよいでしょう。そうすれば、もう立派な日記になります。あとで開いてみると、その日あなたがなにを感じていたかまで思い起こされるはずです。

持ち運びが楽な、小型の国語辞典か電子辞書

俳句をつくりはじめると、日本人でありながら、日本語がうまく読めない、書けないという基本的な問題にぶつかってしまうことがあります。確かに日本語には難

しいものがあります。そんなときに、辞典があると助かります。

なるべく小型で薄手のもの、「用字辞典」といったタイプのものが便利です。いまは、「電子辞書」も小型で安価なものが出回っていますから、俳句を楽しむ人にとっては、うれしいことです。

俳句をはじめたら字を忘れなくなった、という声もあります。

季語の解説と例句をまとめた「歳時記《さいじき》」

「歳時記」は、季語を集め解説し、その季語をつかった例句をまとめた用語集です。いまのこの季節にはどんな季語をつかったらいいのか、と思ったときに引きます。

書店の歳時記コーナーで、自分が気に入ったものを選べばよいと思います。

ぶ厚くて簡単には持ち上げられないほど重いものや、カラー写真がどっさり入った豪華本もありますが、いきなり大きな重いものを選ばず、はじめての人は、できるだけコンパクトで持ち歩きしやすいものを選ぶほうがよいでしょう。春・夏・秋・

冬・新年と分冊された文庫版も便利で、多くの出版社から出ています。

俳句づくりを進めていくうちに、自分の好みのものや、必要な歳時記がわかってきますので、少しずつ買い集めるのもよいでしょう。

まずは感じたこと、思ったことを形に

俳句は季節の詩

俳句をつくる、などというと、なんとなく気負ってしまい、どことなく偉そうに、かの松尾芭蕉先生風に「風雅の心」でつくらなければとか、「人生はいかに生きるべきか」を盛り込んで、などと肩肘を張ってしまいがちです。でも、俳句をつくるうえで最も大切なことは「自分の感じたことを素直にわかりやすく」です。

ある年の秋のはじめに、なつかしい人から葉書が届きました。

「桃子さん、お久しぶりです。私の家の前はすっかり稲が色づいて、毎朝雀が群れてにぎやかに鳴いています。お元気ですか？　このごろ、俳句のできる人はいいなあと思います。私はとても俳句などつくれないので、ただ秋の庭を見ているばかりです。どうぞ、お仕事がんばってくださいね」

私は、さっそく返事を書きました。

「久しぶりのお葉書、うれしく拝見いたしました。俳句などとてもつくれないとお書きですが、お葉書には、ちゃんと俳句ができていましたよ。

家の前／すっかり稲が／色づいて
秋の朝／雀が群れて／にぎやかに

ちゃーんと五・七・五になっているではありませんか。それに、『稲』『秋の朝』という立派な季語も入っています。この調子で、どんどんつくってみてくださいね。桃子」

どうですか？　ほんとうにそうだ、と思われたあなたは、もう立派に俳人の資格あり、です。

ふだんのなんでもないところに、季節の詩を見つけ出すのが俳句です。俳句はつ

くれないという人はいても、葉書が書けない人はいませんね。親しい人になにげなく葉書を出すように俳句もつくればいいのです。

俳句の形は五・七・五

俳句はまず、「五・七・五の定型」にあてはめることが一番大切です。もうひとつは、季語を入れることです。俳句の季語は、ヘソのようなものといわれるほど大切です。

これさえわかれば、俳句はすぐにでもつくれます。あれこれ考えていないで、とりあえず、五・七・五にあてはめてみることです。

葉書からつくった句を、もう一句あげてみましょう。

ただ秋の庭をみているばかりなり

季語　秋の庭（秋）

たとえば、こんなお手紙も来ました。

「すっかり秋の気配に変わりつつあります。夕べは台風の前触れのような激しい雨が雨戸を打っていました。先生、お変わりありませんか……」

これもみな俳句になります。

はや秋の気配となつてきたりけり

季語 秋(秋)

台風の前触れのように雨激し

季語 台風(秋)

台風の近づく気配雨戸打ち

季語 台風(秋)

今日のこと、いまのことを自分のことばで

自分のことばで素直に表現する

「俳句」といってもそもそもの本質は詩ですから、作者のひそかなる思いが少しでも出ていればいいのです。立派なことばを並べたてる必要はありません。単純に、ふだんおしゃべりしているような感覚で、自分らしいことばをつかって書いてみましょう。

たとえば、俳句をはじめたばかりの人がこんな句をつくりました。

雪柳《ゆきやなぎ》天涯《てんがい》吹雪《ふぶき》なして散る

季語 雪柳（春）

作者にしてみれば、雪のように白い雪柳の花がはらはら散るさまを表すには、まさに「天涯吹雪」という難しい表現が、うってつけだと思ったのでしょう。でも、もし私がつくるならこうします。

雪柳はらはらはらとはらと散る

立派そうな表現に凝るよりも、見たままに、バカみたいって笑われるんじゃないか、と思うくらい簡単に表現したほうが、一句の世界はずっと広がります。

また、気取った表現や手垢のついたいい回しは避けましょう。たとえば、「どんぐりの背比べ」「ばらの花のような少女」「もみじのような手」といったいい回しは、昔つくられた決まり文句です。

なによりも、ふだん私たちがつかい慣れていることばで、感じたままに表現すればいいのです。それでこそ、世界中で唯一のあなたの句になるのです。わかりやすく、単純に。これを忘れないでください。

過去のこともいまの気分で

俳句をつくるために、なにか特別なことをする必要はありません。日記を書くように今日のできごとや頭に浮かんだことを題材にしてみましょう。

たとえば「今日は、長らく会いたいと思っていた人に会いました」と書いてみます。すでに、一行の詩みたいでリズムもありますが、これを五・七・五に乗せて、季語を入れてみましょう。

「今日」は、どんな日だったのでしょうか？　そういえば、春の風が吹いていました。そうです、この「春の風」こそ季語なのです。さっそく、この季語をつかってみましょう。

春の風会いたい人に会いました

どうでしょう。見事に五・七・五のリズムに乗って、しかもきちんと季語の入った、立派な俳句ができたではありませんか。俳句はこのように、今日のこと、あるいは、いまのことを題材に表現すればいいのです。

日記ならすべて過去形ですが、俳句の場合は、「いま、会いたかった人に会っているのです！」「春の風が吹いているのです！」といまの気分でつくります。なにか心に感じたら、その印象が消えないうちに書きとめるのがよいでしょう。

タクシーを待つやオリオン真上なる　佐保田乃布《さほだのぶ》

季語　オリオン（冬）

月白《つきしろ》や今夜はどこのバーにゐる　膝舘《ひざたて》すみえ

季語　月白（秋）

つくり続けることが力となります

一日に一句つくってみる

俳句は、何年ぐらいやれば一人前になれるのか、という質問がよくあります。私にもこれは、よくわからないのです。

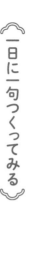

お茶やお花なら、三、四年修業すればなんらかのお免状をもらえるとか、書道なら何級になれる、囲碁なら何段になれるとか、目安があるのかもしれません。でも、俳句は文学であり、文芸ですから、何年やれば、というものではないのです。

ただひたすらに、自分のために自分の人生を書きとめておくだけです。何年やっても何段になれるものではありません。でも、この小さな詩をつくることが、どんなにあなたの人生の力になることか、はじめてみた人はみな実感するはずです。「俳句があるから、それだけで私は生きていられる」という人を、私は何人も知っています。

俳句の大会で入賞するためだったり、句会で点をたくさん取るためなどに俳句をつくる人もいますが、本来は自分自身を大切にするために継続することこそ大事です。**継続することによってのみ、俳句は習得でき、よい句がつくれるようになるのです。**

さらに俳句にのめり込みたい、早く上達したいなら、一日に一句つくることをすすめます。「なんだか、たいへんそうだ」と思うかもしれませんが、朝起きてから寝るまでのことを全部俳句にしてみれば、一句といわず五句ぐらいつくるのも案外簡単かもしれません。

たとえば、朝起きて窓を開けると梅の花が咲いていた、とします。さっそく「梅の花」をテーマに、つくってみます。「梅咲くや」とすれば、「ああ、梅の花が咲いたなあ」となり、もう梅の花のことは説明しなくてもいいのです。

梅咲くや目覚めの頭ぼんやりと
梅咲くやマーマレードをパンにのせ
梅咲くやパジャマでコーヒー飲んでいる
梅咲くや遅刻しそうなドアばたん
梅咲くや満員電車駆け込んで

俳句で日記をつけてみる

前の項で俳句は日記のようにといいましたが、すべてを五・七・五として、俳句で日記をつけてみるのもいいでしょう。
たとえば、ある年の暮れの一日をこんなふうに詠んでみました。

日曜日蒲団《ふとん》の上に冬日さす

季語 **冬日**（冬）

お昼頃起きて賀状《がじょう》を書きにけり

季語 賀状書く（冬）

夕方の年の市にて鮭《さけ》を買ふ

季語 鮭（冬）

真夜中に餅焼き君のことを思ふ

季語 餅（冬）

その日のことを俳句にし、日付を入れてください。一年後に振り返れば、どんな日だったのか、鮮やかに思い起こされることでしょう。

硬ペンとセロリ一本ハムチーズ

元気《げんき》

季語 セロリ（冬）

推《すい》敲《こう》の大切さを知りましょう

推敲でよりよい句を

俳句をはじめて楽しくなると、「もう、いくらでもできてしまう」と、うれしい悲鳴をあげる人もいます。

けれど、ただ「できたできた」と喜んでいるだけでなく、よりよい形に「推敲」していくことが大切です。いいたいことばが、すんなりと五・七・五にはまったときはよいのですが、長すぎたり短すぎたり、なかなかうまくはいかないものです。

はじめて句づくりをした人の句です。

山に行き吊り橋揺れて深き谷
〔五〕〔七〕〔五〕

定型は守られていますが、季語はどうでしょうか。「山に行き」も「吊り橋」も「深き谷」も季語ではないので、どこかに季語を入れなくてはなりません。上五《かみご》（上の五音）を「夏の山」にしてみましょう。

夏の山吊り橋揺れて深き谷

さあ、俳句になりました。基本的にはこれでよいのですが、もっとよい表現にするなら、「山」といえば「谷」はいわなくてもわかりますから、どちらかを消します。山を「風」にしてみます。

夏の風吊り橋揺れて深き谷

上五と下五《しもご》（下の五音）が「夏の風」「深き谷」と名詞で固い感じなので、「夏の風」を同じ夏の季語で、「涼風」といい替えてみます。

涼風や吊り橋揺れて深き谷

切字《きれじ》の「や」が入って、「ああ、涼しい夏の風だなあ！」と、感動の切れが入りました。次に、俳句では、「吊り橋」の送りがなは省きます。

涼風や吊橋揺れて深き谷

字数が一文字減ると、たいへんシンプルになった感じがするでしょう。「揺れ」「深き」と漢字が続くので、「揺れ」をひらがなにしてみます。

涼風や吊橋ゆれて深き谷

吊橋がゆらゆらして、谷が深くて怖いと思ったのでしょう。「深い」を強調して下に置きます。

涼風や吊橋ゆれて谷深し

これでできあがりです。まずは、見たまま感じたままにつくり、手直しをしていきます。推敲は何度でもしましょう。

自分の持ち味を追求する

体裁がととのい、格調高く仕上がっても、よい句とは限りません。へたな句であっても、その人にしか表現できない思いにあふれていれば、よい句です。

大切なのは、その人しか表現できない「自分らしさ」が表現されていることです。自分らしさを求めるということは、短いことばを通じて、未知の自分に出会うことでもあります。

俳句をつくっていくと、ときには、「私はこんなことを考えていたんだ」「私はこんなふうに感じていたんだ」と、思わず自分で自分の句に驚くことがあります。これが、自分との出会いです。

俳号《はいごう》を考え指導者を見つけましょう

初心者でも俳号を

俳句をはじめたら、ぜひ、「俳号」をつけましょう。「俳号なんて、なんだかえらそう」「私なんて、とてもまだまだです」なんて思わないでください。俳句をつくる決心をしたら、あなたはもう立派な俳人なのです。高浜虚子《たかはまきょし》も、「一句つくったら、もう俳人。一句読んだだけでも俳人」といっているくらいですから、気兼ねなどいらないのです。

俳号をつけるという習慣は、俳諧《はいかい》が発生したときからありました。身分制度のあった昔の人々にとって、俳号は、社会的な身分や秩序から離れて、一個人として自由に創作を楽しむためのものでした。別の人格となって、楽しんだわけです。現代に生きる私たちも、浮世のしがらみをわずらわしく思い、俳句で自分を自由に表現したい気持ちは変わりません。

高浜虚子の本名は清といいます。この「きよし」をもじって「きょし」という俳号にしました。山口誓子《やまぐちせいし》という俳人の本名は新比古《ちかひこ》で、「誓ひの子」とあてて、「誓子」という俳号にしました。

私の俳句仲間にも、「花眼亭椋鳥《かがんていむくどり》」「岡田四庵《おかだしあん》」「小川春休《おがわしゅんきゅう》」とか、動物名をつかった「中村阿昼《なかむらあひる》」「水木《みずき》なまこ」「板藤《いたふじ》くぢら」「齋藤耕牛《さいとうこうぎゅう》」とか、変わった感じの「コスモメルモ」「山本呆斎《やまもとほうさい》」「中島鳥巣《なかじまとりす》」「中野郭公《なかのかっこう》」といったさまざまな俳号があります。

俳号は自由ですが、読みやすく、発音しやすく、字づらのよいものがおすすめです。句会では必ず俳号を名乗らねばなりませんから、名乗りにくい俳号は避けたほうがよいでしょう。

✪有名な俳人の珍しい俳号一覧✪

飯尾宗祇《いいおそうぎ》　山崎宗鑑《やまざきそうかん》　上島鬼貫《うえしまおにつら》　河東碧梧桐《かわひがしへきごとう》　高浜虚子《たかはまきょし》　水原秋桜子《みずはらしゅうおうし》

秋元不死男《あきもとふじお》　富沢赤黄男《とみざわかきお》　波多野爽波《はたのそうは》　西東三鬼《さいとうさんき》　永田耕衣《ながたこうい》　石田波郷《いしだはきょう》

三橋鷹女《みつはしたかじょ》　飯田蛇笏《いいだだこつ》　富安風生《とみやすふうせい》　種田山頭火《たねださんとうか》　長谷川かな女《はせがわかなじょ》

指導者はじっくり選ぶ

いまの俳句の世界には、一千くらいの「俳句結社」があるといわれています。俳句結社とは、俳句を楽しむ人が集まった団体です。この結社を指導している人がみな俳句の先生だとすれば、俳句の先生は一千人もいるわけです。

あなたが自分の俳句を誰かに指導してほしいと思うなら、このなかから誰か一人を選ばねばなりません。なかなかたいへんです。

別に一人と決めずに、いろいろな人にさまざまな指導をしてほしいという人もいますが、俳句は、百人いれば百人の俳句があります。ある先生は「季語と定型が大切」と主張し、また別の先生は「季語は不要。五・七・五でなくてもよい」といったりするわけです。

このような違う考えの二人の先生にいっぺんに指導されたら、あなた自身の俳句の理念は、いったいどちらにしたらよいのか、いつまでも迷うことになるでしょう。「この人」と思われる俳人の作品をよく読んで、「こういう俳句をつくりたい」と思えるような指導者をじっくり選びましょう。

そして、**一度「この人」と決めたら、最低三年間は勤勉に、その人について勉強すること**をおすすめします。「石の上にも三年」です。三年たってまだ迷いがあるようなら、もう一度、先生を選び直しましょう。

吟《ぎん》行《こう》で新しいことを発見しましょう

吟行はその場でつくることを心がける

「吟行」とは、どこかへ行って俳句をつくることです。別に遠くに行かなくても、自分の住んでいる町をひと回りするだけでも立派な吟行です。

「吟行だ」という気持ちになると、見慣れた公園も、まるで旅先ではじめて出会う公園のように見えてきます。さらに、旅行をすることは最高の吟行になります。まったく知らないところや旅に出れば、見るもの、聞くものが新鮮で、おのずと句がどんどんできます。

出かける前に一度、「当季」（その季節）の季語を確認して、句帖に書き出しておきましょう。はじめての人は、その季語で、あらかじめ二、三句つくっておけば、その日になって句がつくれなかったらどうしよう、という心配がなくなります。仮に、俳句ができなくても、よい景色が見られるだけでもよいと開き直ることも大切です。

目的地に着いたら、気がついたことは、どんなことでも句帖に書きとめます。すぐには、五・七・五にあてはまりませんが、五の部分や七の部分だけでも書きとめると、そこからイメージを大きくふくらませることができます。

ただし、句はできるだけ、その場で完成させましょう。ひとつのものを見て、いいなと思った小さな感動は、二、三歩あるけば、すぐ次のものに目がいって忘れてしまうものです。

俳句は、ある瞬間のささいな感動をリアルにことばで描写（写生）することで、読み手にその小さな発見の喜びを伝えます。

吟行は、この小さな発見に出会うことです。

吟行に必要なものをそろえる

はじめは、おしゃれな服装で吟行に参加していた人も、俳句にのめり込み真剣になると、機能的な服装とグッズを持つようになります。

①句帖・ペン

句帖の後ろに「季寄《きよ》せ」（季語だけ載っている歳時記）がついたものが便利です。

②国語辞典や歳時記

必要に応じて持っていきますが、あまり重いものは吟行に向きません。携帯するときは、小型のものが便利です。

③ウエア・靴

ウエアは、軽くて動きやすいものにします。山道や悪路に備えて、多少汚れても気にならない服装がいいでしょう。靴は、スニーカーや運動靴など、歩きやすく、履き慣れたものにします。私はこれを「吟行靴《ぎんこうぐつ》」と呼んでいます。歩きやすければ、句作に集中できるでしょう。

④カバン

歩きながらメモできるように、リュックや肩かけ型のカバンにします。ポケットがついていると、句帖や歳時記の出し入れに便利です。

⑤雨具・油性ペン

雨の日の吟行では、晴れた日とはまた、趣きの違った句がつくれます。折りたたみ傘を準備しましょう。レインコートなら、防寒にも役立ちます。せっかく書きとめた句が雨ににじむのを防ぐために、油性ペンを用意します。

⑥帽子・手袋・マフラー・マスク

寒い日には、防寒具として、帽子、手袋、マフラーなどを用意します。春夏には、帽子が日よけ、日焼け防止に必要です。風の強いとき、花粉の多い時期には、マスクなども用意しておくとよいでしょう。

第2章

俳句づくりの基本を知りましょう

俳句をつくるための、基本的なルールやポイントを解説しています。季語や切字など、俳句づくりのためのことばも覚えていきましょう。

句作の基本

1

まずは五・七・五にあてはめる

✦俳句は日本語の最小のリズムをもつ
✦五・七・五の句切れを意識することが大切

俳句の基本は「有季《ゆうき》定型《ていけい》」

「俳句とはなにか」と聞かれたら、「ことばを五・七・五にあてはめ、そこに季語を入れること」と答えます。この基本的なことさえ守られていれば、たとえ話しことばの断片であっても、「俳句」ということになります。

なぜ、「五・七・五」かといえば、「日本語の最小のリズム」をもった型だからです。五・七・五にあてはめることを「定型」といい、季語が入っている（季《き》が有《あ》る）こととあわせて「有季定型の句」といいます。

ほかにも、いろいろな決まりがありますが、とりあえず**有季定型を守ることが俳**

句の基本です。

句切《くぎ》れについて

俳句ならではの、五・七・五の切れかたを「句切れ」といいます。句切れは、上の五音を「上五《かみご》」、次の七音を「中七《なかしち》」、下の五音を「下五《しもご》」といいます。

上五 中七 下五
五 七 五

水仙のたくさん咲いて茎《くき》一つ　桃子

季語 水仙（春）

「水仙」は水仙の花です。その花がたくさん咲いているのに、よく見たら茎がたった一本だった、という小さな感動が書きとめられています。

五・七・五になっていますね。

五　七　五

古池や蛙《かわず》飛び込む水の音　松尾芭蕉《まつおばしょう》

季語　**蛙**（春）

昔から誰でも知っている俳句です。これも当然五・七・五になっています。

五　七　五

風邪《かぜ》引《ひき》に又《また》夕方の来《きた》りけり　高浜虚子《たかはまきょし》

季語　**風邪**（冬）

この句は「けり」をつかった句ですが、こちらもやはり、ぴたり五・七・五です。
このように、ぴたっと定型にはまると、なにか心がすっとして、ぱっと頭に入り、
もう忘れません。**定型には、ことばの意味を素早く伝える力があるのです。**

たとえば、このような立て札がよくあります。

この土手にのぼるべからず警視庁
（五／七／五）

これも五・七・五になっているので、ぱっと頭のなかに入ってくる力があります。でも、残念ながら季語がないので俳句ではありません。標語が五・七・五でできているのも、この定型の力を利用しているのです。

右を見て左を見たらさあわたろ
（五／七／五）

俳句にはいろいろな形のバリエーションがありますが、基本は五・七・五の定型にあることをしっかり頭に入れておいてください。

句作の基本 2

季語を入れてこその俳句

✦季語はその季節をイメージできる特有のことば
✦ひとつの句にひとつの季語を入れる

ポイントを絞る「一句一季語《いっくいちきご》」

俳句は、五・七・五の定型のどこかに「季語」を入れなければなりません。人によっては、なぜ季語を入れなくてはならないのかと疑問に思って、季語のない俳句をつくる人もいます。でも、私は**「季語を詠むことこそ俳句」**だと考えています。

季語は、季節を表すことばです。「春」「夏」「秋」「冬」という、季節そのものを表すことばも季語ですし、ふだん私たちがなにげなくつかっていることばのなかにもたくさんの季語があります。

新年――お正月・お年玉・初詣
春――雛祭《ひなまつり》・卒業・入学・桜
夏――青葉・西瓜《すいか》・プール・お祭
秋――七夕・お盆・菊の花・運動会・紅葉《もみじ》
冬――北風・大根・雪・スキー・スケート

このように、その季節をイメージできる特有のものやことは、みな季語です。季語はふつう、「一句一季語」といわれ、一句のなかに、ひとつつかうものとされています。

俳句は十七音という短い詩ですから、季語が二つも入っていると、イメージが二つに分かれ、ポイントを絞りにくいのです。読み手も、二つの季語のうち、どちらをポイントにして読めばよいのかわかりにくいでしょう。

季語をひとつにすれば、作者の意図はストレートに読者に伝わります。

ただし、初心の域を抜けたら、季語が二つ以上入る「季重《きがさ》ね」の句についても考えてみましょう。

季語は季節をたたえることば

春には、木や草が芽吹き、生物も活動をはじめます。子どもは外で遊び、大人も人生の変わり目を感じ、恋の気分も芽生える季節です。春は、古来、そういう喜びの季節なのです。

近づけばおおきな木瓜《ぼけ》の花となる　星野立子《ほしのたつこ》

季語　木瓜の花（春）

解説　近づくにつれて、花が大きく見えてきたという句。簡単な表現ですが、木瓜の花がくっきりと目に浮かびます。

卒業子《そつぎょうし》汚れて越えし水たまり　如月真菜《きさらぎまな》

季語　卒業子（春）

解説　卒業した子が、泥んこになって水たまりを越えたという句です。

夏には、草木がすっかり緑になって茂り、田んぼの稲は青々として虫や蝶は元気に動き回ります。人間も、一年のうちで最も活動的になります。夏という季節は、そういう力強さを表しています。

夏山のトンネル出れば立石寺《りっしゃくじ》　高浜虚子《たかはまきょし》

季語　夏山（夏）

解説　夏の青々と茂った山のトンネルを抜ければ、立石寺があったという句です。無駄のない表現に、悠然たる夏の山の大景が目に浮かびます。

丸薬《がんやく》をごろごろのんで土用《どよう》かな　桃子

季語　土用（夏）

解説　丸い、飲みにくい薬を、ごろごろと飲んだ。ああ、ときは土用だと思ったという句です。夏の土用は一年で最も暑いときです。

秋には稲が実り、果物がなり、草木は紅葉し、動物は冬ごもりに備えます。豊かな実りの時期を表すと同時に、そのあとはすべてのものが枯れて冬に入る、というさびしさも感じさせます。

桔梗《きちこう》の花の中よりくもの糸
高野《たかの》素十《すじゅう》

季語 **桔梗**（秋）

解説 「桔梗」は、古いいいかたで「きちこう」と読みます。紫の花のなかから、ひとすじの細いくもの糸がのびている、という句です。細いくもの糸が見えるほど、秋の空気が澄んでいるのです。

鈴虫のゆうべの鳴きで終りらし
薗部《そのべ》庚申《こうしん》

季語 **鈴虫**（秋）

解説 鈴虫がゆうべリリーンと鳴いて、今年はすべて鳴き終わったらしく、今朝は死んでいたという句です。

冬は、草木が葉を落とし、動物は穴に入り、寒さと深い雪のなかでじっと春を待つ季節です。人間も厚着をして家にとじこもり、草木が雪の下の土深く根を張るように、じっと心のなかを思うときでもあります。
また、新年は新しい年が立ち、お正月であり、一年のはじまるときとして、心清らかに、ものすべてがめでたく感じるときです。

終日やかさりこそりと萩落葉《はぎおちば》　山口青邨《やまぐちせいそん》

季語 **萩落葉**（冬）

解説 庭の隅でしょうか。萩の落葉が風に吹かれて、一日中かすかな音を立てている、という句です。「かさりこそり」という表現が、いかにも冬のさびしい庭のようすを伝えてくれます。

女《め》正月《しょうがつ》テレビはヨイトマケの唄　増田真麻《ますだまあさ》

季語 **女正月**（新年）

解説 一月十五日、女がほっとして正月を楽しむのが女正月です。その日、たまたまテレビに『ヨイトマケの唄』が流れていたという句です。

このように、「季語」とは、その季節を褒めたたえることばだということがわかるでしょう。俳句とは、季節の讃歌なのです。

季語の「本意《ほんい》」を理解する

季語は、一年中あるものでも、最もそれらしく感じられるときを、その季語の「本意」といいます。

たとえば、「ビール（麦酒）」ということばは、夏の季語です。「ビールなんて一年中飲んでいるのに」と思うかもしれません。でも、ビールが一番おいしく、たくさん飲まれるのは夏の日盛りのなかで汗をかいて仕事をしたり、スポーツをして、涼を求めてさて一杯というときです。やはりビールは、本来夏の暑さをしのぐためのもの。だからビールは夏の季語なのです。そのため、夏以外の季節にビールについて詠むときには、「秋のビール」「冬のビール」というふうにつかいます。

また、胡瓜《きゅうり》、トマト、西瓜《すいか》、みかんなど野菜や果物なども、いまはハウス栽培のものが一年中出回っていますが、その食材が最もたくさん採れて、栄養もあり、味もよいときである旬《しゅん》の季節が、その季語となっているのです。

また、バナナやパイナップルやマンゴーは、南の暑いところでなる果物なので、夏に分類されています。

「季重《きがさ》ね」がいきるとき

一句一季語とはいっても、ときには、次のような句ができることもあります。

寒々《さむざむ》と散るを知らずや寒牡丹《かんぼたん》

季語　寒々・寒牡丹（冬）

「寒々」「寒牡丹」と、季語が二つ入っています。ともに冬の季語ですから、これを「季重ね」といいます。寒牡丹は、真冬の寒さのなかで咲くのですから、「寒々」は蛇足です。「寒々」を取って、別の表現をつかえばよいと思います。でも、作者はあえて生きている牡丹が、まるでつくりもののように寒々しているところをいいたかったのでしょう。このようなときはあえて季重ねになってもかまいません。

次の句はどうでしょうか。

草《くさ》紅葉《もみじ》炬《こ》燵《たつ》の人に径《みち》問へば　桃子

季語 **草紅葉**（秋）、**炬燵**（冬）

「草紅葉」は秋の季語です。紅葉のころにすでに冬の季語である「炬燵」を出しているのですから、北国の山里の景でしょう。道がわからなくて、窓越しに、あるいは土間越しに、炬燵に入っている人に道をたずねたのです。いなかに行くと、こんな景にたまに出会います。

この句のなかでは、草紅葉と炬燵と季語が二つあることが、かえって句の景を決めるのに役立っています。こういう季重ねならいいのです。

季重ねゆえによい句はたくさんありますが、まず初心者は、一句一季語を基本につくってみてください。

季節によって変わる季語の変化

また季語は、ひとつのことばでも、季節によってさまざまに変化して、つかい分けられています。

「柿」を例に取ってみましょう。歳時記《さいじき》で「春」を引いてみると、「木《こ》の芽《め》」の項に「柿の芽」と出ています。春になると、柿の木はみずみずしい芽を吹きはじめます。「夏」を引いてみると、「若葉」の項に「柿若葉」と出ています。夏になると、柿の芽はすっかり育って、つやつやとした若葉になります。

また、梅雨《つゆ》どきには、「柿の花」が咲いてぽろぽろと落ちます。夏の終わりには、青い小さな実になります。「柿の花」「青柿」は夏の季語です。「秋」を引くと、「柿」「柿の実」「渋柿」が出てきます。柿の木の葉も、紅葉して、「柿紅葉《かきもみじ》」となります。

「冬」では、「落葉」の項に「柿落葉」が出ています。落葉樹である柿の木は、冬に葉を落とします。

柿の実のほうは「吊《つる》し柿《がき》」にして軒に干し、「干柿」にします。これも冬の季語です。

たった一本の柿の木も、四季とともに、これだけ変化します。日本人がいかに季節の変化を敏感に受け止め、それをいかに繊細にいい表してきたかが、よくわかります。

もうひとつ、「山」も見てみましょう。山も、四季折々に変化しています。

春なら、「春の山」「春山《しゅんざん》」。木の芽が吹き出せば「木の芽山」。さまざまな木の芽の色が黄緑に萌《も》え出せば、山が楽しく笑うようだと、「山笑う」などといいます。

夏なら、「夏の山」「夏山《なつやま》」。また夏には、緑滴《したた》り、地下水も湧き出ているので、「山滴る」ともいいます。秋の「山」は、「秋の山」「秋山《しゅうざん》」。紅葉して色づいた山を、山が化粧をしたようだと、「山粧《よそお》う」ともいいます。冬には、「冬の山」「冬山《ふゆやま》」。草木が枯れ、動物たちも冬眠し、静まり返った山を「山眠る」という季語で表現します。

やがてまた春になれば、雪は解けて、まだ残雪はあるものの山は目を覚まし、「山覚《さ》める」という季語もつかえます。

難しい季語、知らない季語は歳時記で調べればよいでしょう。

季語をたくさん覚えると、微妙な思いを絶妙に伝えられます。つかえる季語が豊かになれば、俳句は短くても、実に雄弁な詩となり、たくさんのイメージを読み手に伝えられるようになるでしょう。

句作の基本 3

俳句に欠かせない切字《きれじ》

✦切字には行を分ける役割がある
✦切字は一句のなかにひとつつかうのが基本

句に余韻を与える「切字」

俳句は、「たった十七音しかない短い詩」といわれますが、そんな小さな詩が大きなものやことを表現することができるのは、「切字」を用いて「切れ」ているからなのです。

切字とは、その字が入っているところで、一句が大きく切れることを表します。

そこで、**ことばをいったん区切ることで、余韻を残し、読み手の想像力を喚起し、作者の感動やいいたいことを強めるはたらきをします。**

俳句は一行に書きますが、よく読めば、切字のところで切れているため、実は何行かに分かれているのです。

さみだれや船がおくるる電話など　中村汀女《なかむらていじょ》

季語　さみだれ（夏）

この句は「や」が切字です。一句は切字のあるところで切れますから、この句を行替えして書くとすれば次のようになります。

さみだれや
船がおくるる電話など

「さみだれや」と大きく切って、ここで読み手は「五月雨《さみだれ》」のしとどに降る、暗い湿っぽい景を思い浮かべます。それから次に、どこか旅にある人から電話が入って「船が遅れます」といってきたのでしょう。

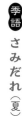

それでは、到着するのが遅れ、待っていても来ない、ということでしょうか。電話の主は、作者の夫だろうか、あるいは恋人からの電話だろうかなどと、読み手はここでさまざまに思いをめぐらせます。俳句はそれ以上なにもいいません。ただ、短い詩の余韻を楽しむだけです。電話のあとのしーんとした部屋に、より大きく雨の音が聞こえてくるようではありませんか。

俳句は、読み終わるともう一度上へ戻り、循環して何度も味わうようにできています。一句は縦に書かれ、切字で切れていますが、実はこのように輪になっているともいえます。切字はこの輪をいったん切って、豊かな余情のなかで一句を味わう間《ま》をつくり出します。

この間のなかで、読み手が想像力をはばたかせる余地が大きいほど、句は多くのイメージを伝え、奥の深いものとなります。切字はどんどんつかって、おおいに想像力をはたらかせたいものです。

俳句では、よく「や」と「かな」をつかうので、俳句のことを、昔の人は「やかな」といっていたそうです。それから、もうひとつよくつかわれる切字に、「けり」

があります。

切字は原則として二つ一緒にはつかいません。

名句といわれている句のなかには、まれに「や・けり」を同時につかっているものもありますが、例外中の例外と思ってください。

強調を表す「や」

一声《ひとこえ》や昼寝の人にねてるかと　舟《ふね》まどひ

季語 **昼寝**（夏）

ここでは上五《かみご》で切れる「上五のや」です。うとうとしているときにでも、「ねてるか」とひと声聞こえたのでしょう。この「や」によって、作者がここを強調したかったのだとよくわかります。

ひと技《わざ》を決める少女や初稽古《はつげいこ》

谷《たに》すみれ

季語 初稽古（新年）

中七《なかしち》で切れる「中七のや」です。初稽古は、正月にはじめてする稽古です。広い道場に「技あり」の声が響いたのでしょう。決めたのは少女でした。「少女や」で作者が一番いいたいのは、それが少女だった！　という驚きだったことがわかります。

余韻を表す「かな」

「かな」もまた、「かな」がついたところで大きく切れます。そして、「や」と同じように、作者のいいたいことを強く表し、余韻が出ます。

日の丸が舳《へ》先《さき》に立てる暑さかな

季語　暑さ（夏）

解説　日の丸の旗が舟の舳先にはためく暑い日です。この旗に対する日本人の鬱屈《うっくつ》した心持ちが、暑さを際立たせ、「なんという暑さだ」という気持ちがこもっています。

冬瓜《とうがん》のころげて荒るる畠《はたけ》かな　村上鬼城《むらかみきじょう》

季語　冬瓜（秋）

解説　大きな冬瓜がごろごろころげている畠です。きっととりごろも過ぎたのでしょう。「ああ、なんという荒れた畠だろう」という嘆きが伝わってくる「かな」です。

断言を表す「けり」

「けり」は、「や」や「かな」より強く、いっさいを切るはたらきをします。「ものごとにけりをつける」といういいかたはここからきています。「すべて終わらせる」というほどの、きっぱりと断言する強い切れかたなのです。

沼の辺《へ》に令法《りょうぶ》は花を垂らしけり　畑《はたけ》みどり

季語 令法（春）

解説 沼の辺に、令法の花が垂れていますよ、という句です。「令法」は山のなかで見かける木で、白い小さな五弁花が穂状に垂れ下がります。「けり」と止めて、木の花のきりりとした感じが出ています。

マスクしてこの世を少し離れけり　元気

季語 マスク（冬）

解説 マスクをすると、どことなく、他人との間に距離ができたような感じがします。その違和感を「この世を少し離れ」た感じだと受け止めたところがユニークな句です。「けり」と強く切ったことにより、孤独感がより強く出ています。

その他の切字

「や」「かな」「けり」が切字の代表格ですが、ほかにも切字はたくさんあります。

栗拾ひ女房曰《いわ》く泥棒と　岡田《おかだ》四庵《しあん》

季語　**栗拾い**（秋）

解説　「と」が切字で、落ちている栗を拾ったら、奥さんが「それ泥棒よ」といったというおかしみのある句です。

次ページのように、五・七・五の切れ目がないところに切字が入っている句もあります。ほかの部分は、五・七・五にまたがってつながっているので、このような句を「句またがりの句」といいます。

春や吾子《あこ》ばんざいをして眠りをる

梶川《かじかわ》みのり

季語 春（春）

解説 「や」切れで、下は「をる」と軽く流し、「おやっ？」という驚きが出ている句です。

句作の基本 4

「ゃ」「ー」「ん」「っ」の数えかた

✦拗音《ようおん》・長音《ちょうおん》・撥音《はつおん》・促音《そくおん》はすべて一音に数える
✦ひらがなで書くときには小さい文字にしない

拗音《ようおん》とは

拗音というのは「きゃ・きゅ・きょ」「しゃ・しゅ・しょ」「ちゃ・ちゅ・ちょ」「にゃ・にゅ・にょ」「ひゃ・ひゅ・ひょ」「みゃ・みゅ・みょ」「りゃ・りゅ・りょ」「ぎゃ・ぎゅ・ぎょ」「じゃ・じゅ・じょ」「びゃ・びゅ・びょ」「ぴゃ・ぴゅ・ぴょ」などのことです。

俳句では、**こうした拗音は一音と数えます。**カタカナも同じですが、書くときは、ひらがなとカタカナで違います。カタカナの「キャ」「キュ」「キョ」などの「ャ」「ュ」「ョ」は小さな字で書きますが、**ひらがなの拗音は大きな字で書きます。**

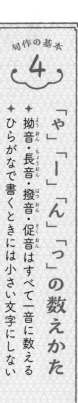

五月晴《さつきばれ》日曜ごとのボランティア

長沢常良《ながさわじょうりょう》

季語 五月晴（夏）

解説 「もう、晴れたら、ボランティアが忙しくて…」というぼやきが聞こえるようです。拗音は「ティ」で一音です。

キャンドルの点火に弾む聖夜かな

鈴木瑠花《すずきるか》

季語 聖夜（冬）

解説 「キャ」も一音です。弾む心が表れています。

ねこじやらし抜きて挟むや農日誌《のうにっし》

田代早苗《たしろさなえ》

季語 ねこじゃらし（秋）

解説 農作業の日誌に、そのへんのねこじゃらしを抜き、ページに挟んだのです。「ねこじゃらし」の「じゃ」は一音で読みますが、表記は「じや」とします。

長音《ちょうおん》・撥音《はつおん》とは

長音は「ー」と表記してのばす音です。**長音は一音として読みます。撥音は「ん」で、これも一音とします。**

冷凍のマンゴージュースとけにけり

季語 **マンゴー**（夏）

解説 中七の「マンゴージュース」の「ー」（長音）は一音で、「マンゴー」の「ン」（撥音）も「ジュース」の「ジュ」（拗音）も一音です。きちんと中七音です。

促音《そくおん》とは

促音とは「ぱっと散る」「さっと散る」「もっぱら」「あっぱれ」など、つまる音の「っ」です。促音は読むときには一音で数え、書くときには大きい字で書きます。

トッキョキョキョと鳴くばかりほととぎす　つるた良宙《りょうちゅう》

季語　ほととぎす（夏）

解説　「トッキョキョキョ」は五音です。「キョと鳴くばかり」が七音、「ほととぎす」が五音です。

ドーム・ルイ・マジョレルの花器《かき》白き百合　日向葵《ひなたあおい》

季語　百合（夏）

解説　「ドーム・ルイ」が五音、「マジョレルの花器」が七音です。

ひよろひよろとやはらかさうな蜥蜴《とかげ》の子　斎藤月子《さいとうつきこ》

季語　蜥蜴（夏）

解説　「ひよろひよろと」は「ひょろひょろと」と読み、五音で定型どおりです。

句作の基本 5

字余り・字足らずを調整する

✦順番を入れ替えて字余り・字足らずを調整する
✦漢字の読みかたを変えて調整する方法もある

字余りの場合

俳句が五・七・五にぴたりとはまると気持ちのよいものですが、なかなかうまくはまらず悩むこともあります。そんなときは、上五《かみご》と下五《しもご》を入れ替えたり、いい替えの語を考えたりします。

焚火《たきび》して／火のあかあかと／大根畑《だいこんばたけ》
（五／七／七）

季語 焚火・大根畑（冬）

大根の畑で、なにかのために、焚火をしている、という句です。下五が「だいこんばたけ」で「字余り」ですから、下五を上五にもってゆきます。

「七」「五」「五」
大根畑焚火してあかあかと

上七《かみしち》の頭でっかちでも、定型からはみ出した感じは、ひどくありません。下五が長いと重たくなって、定型の切れ味が損なわれます。**下五は、必ず「下五音」にしましょう。**少し慣れてくると、「あかあかと」といわなくても「あかく」だけでもよいかと思い至ります。すると次のような句またがりの句もできます。

「五」「七」「五」
大根の畑《はた》や焚火の火のあかく

また、「大根《だいこん》」は「大根《だいこ》」ともいいますから、「大根畑《だいこばた》」といい替えれば、ぴたりと上五にはまります。

字足らずの場合

次は「字足らず」の場合を考えてみましょう。

五　七　四

それぞれの部屋にそれぞれの余寒《よかん》

季語　余寒（春）

下五が一音字足らずです。ここを直します。

それぞれの部屋それぞれの余寒かな

（五／七／五）

漢字の読み替えで調整する

俳句は、字余り、字足らずを避けるため、漢字を独特の読み替えかたにすることがあります。

富士山のシルエットなす大夕焼《おおゆやけ》

季語 夕焼（夏）

下五が六音になってしまうので、俳句では「夕焼」を「ゆやけ」と読むこともあります。また、「石蕗《つわぶき》」を「つわ」と読んだりします。

石蕗《つわ》咲くや港へ下る崖の道

季語 石蕗（冬）

原句 頭《あたま》ならべ餌《えさ》をつつくや羽抜鶏《はぬけどり》

添削例 頭《づ》をならべ餌《え》をつつくなり羽抜鶏

季語 羽抜鶏（夏）

解説 「あたまならべ」では六音の字余りですが、「頭」の読みかたを変えて、「づをならべ」とすれば、五音にぴったりとはまります。また、「餌《えさ》」は「餌《え》」と読み替えたほうが、風情が出る場合もあります。

句作の基本 6

仮名《か》名《な》遣《づか》いと古語について

✦仮名遣いは新・旧どちらかに統一する
✦古語をつかうことで文字数を調整できる

新仮名遣いと旧仮名遣い

現在つかわれている日本語表記には、新聞など一般につかわれている「新仮名遣い」と古文など歴史的な書物などでつかわれている「旧仮名遣い」があります。好きなほうをつかえばよいのですが、ひとつの句のなかで混ぜてつかうのはルール違反です。

てふてふやくちびる荒れに蜜塗つて　桃子

季語　てふてふ（蝶々《ちょうちょう》）〈春〉

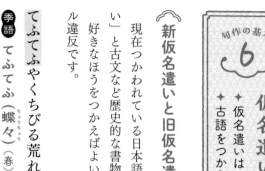

パステルの粉指につき蝶《てふ》生まる　桃子

季語　蝶（春）

「てふてふ」は「蝶々」の旧仮名表記です。同じ「ちょう」でも、「てふてふ」と書くか、「蝶」と書くかによって、読み手の目にはずいぶん印象が違います。仮名遣いにしろ、ひらがなや漢字にしろ、表記のしかたは、句の内容に合わせていかに効果的につかうかにつきます。

たましひのふうはり浮かぶ柚子湯《ゆづゆ》かな　菅春江《すがはるえ》

季語　柚子湯（冬）

解説　「たましい（魂）」「ふうわり」と書くよりも、この「ひ」「は」がいかにも「浮く」ような感じをよく表していて、旧仮名遣いがいきています。

✪ 新仮名遣い ✪

いる（居る）
おる（居る）
いう（言う）
あう（会う）
よう（酔う）
うえる（植える）
すえる（据える）
かわる（替わる）
かえる（帰る・返る）
かわず（買わず・蛙）

✪ 旧仮名遣い ✪

ゐる
をる
言ふ
会ふ
ゑふ
植ゑる
すゑる
かはる
かへる
かはず

「てふ」「ちふ」「とふ」のつかいかた

「てふ」「ちふ」「とふ」は、古語で、「という」をちぢめたことばです。「てふ」は「ちょう」と発音します。たった一語でも長いと、定型にはまらないので、この古い語がいまでもつかわれています。

現代でも、ときに、「なんちゅうことだ！」といったいいかたをするように、「なんちう」「なんちふ」には、少し荒っぽい感じがあります。

パとひらくてふ水中花もらひけり

季語 水中花（夏）

解説 誰かが「パッとひらいて、きれいだよ」という、その水中花をもらったのです。人のいったことばをそのまま句にするときに「という（てふ）」が便利です。

おばけちふ貝こそげては昆布干す

季語 昆布干す（夏）

解説 「『おばけ』なんていう貝」とつかわれています。

男爵《だんしゃく》てふ馬鈴薯《ばれいしょ》たんと掘りにけり

季語 馬鈴薯（秋）

お下《さ》がりてふ紅《あか》き春着のにあふかな

季語 春着（新年）

句作の基本 7

読みがなと季語の送りがな

✦ 読みがながなくても読める俳句を心がける
✦ 季語の送りがなはつけないのが基本

ルビについて

俳句は、一句のなかに書かれたことがすべてです。一読してすぐに読み手に内容が伝わるのがよいのです。そのために、辞書にないような難しい漢字や読みなどには読みがなをふります。基本的な辞書にあることばにはふりません。

ただし、まずは、**読みがなをふらずに、すっきりと通じる俳句を目指しましょう。**

なかには、読みがなをわざとふることで、おもしろさを出そうとする句もありますが、初心者は避けましょう。

原句 大戦《いくさ》過ぎ水団《すいとん》の味おぼろかな
添削例 戦過ぎ水団の味おぼろかな
季語 水団（冬）
解説 「水団」は、戦中戦後の料理で、最近はなじみが薄いので、読みがなをふるのもよいでしょう。「大戦」を「いくさ」と読ませるのは、「第二次世界大戦」としたいからでしょうが、素直に「戦」とすれば、読みがなはいりません。

特殊な読みかたや外国語など、読みがなをふらざるを得ない場合もあります。

山迫る二声三声青鷹《もろがへり》　水木《みずき》なまこ

季語 青鷹（冬）
解説 「青鷹」は、あまり知られていない読みかたをするので読みがなをふってあります。

温突《オンドル》に裾《すそ》のすれゆく苧麻赤古里《チマチョゴリ》　桃子

季語　温突（冬）

解説　韓国語を源にした古い漢字で表記しているので、読みがなをふっています。

季語の送りがなについて

お祭《まつり》に買ひしガラスのうさぎかな

季語　祭（夏）

「祭」は夏の季語です。その他の季節に行われる祭は、別に「春祭」「秋祭」「冬祭」と呼びます。この「祭」を、俳句では、必ず「祭」と表記します。「祭り」とはしません。雛祭・三社祭《さんじゃまつり》・星祭・宵祭《よいまつり》・祭笛・祭太鼓なども同じです。けれども、「祭りたる（祀りたる）」「祭られ」など、動詞としてつかうときは、送りがなをつけます。

雷除《らいよ》けに祭りし幣《ぬさ》のひるがえる

季語 雷（夏）

「盆迎《ぼんむかえ》」「秋旱《あきひでり》」なども通常は送りがなをつけませんが、あまり漢字が続くときには、送りがなをふったほうが、わかりやすいです。

秋旱《ひで》り池面《いけも》黒々淀みたる

季語 秋旱（秋）

次の句は、「団子売」では「売る人」のことになるため、「る」を送ります。

敬老の日や大甘《おおあま》の団子売る

季語 敬老の日（秋）

句作の基本 8

名詞止めと擬音のつかいかた

✦句の最後を名詞で止めると安定する
✦擬音を用いると表現が生き生きとする

座りがよくなる名詞止め

句の最後（下五《しもご》）を名詞で止めるのを、「名詞止め」といいます。句の座りがよくなって安定し、決まったという感じになります。

名詞止めにも、いろいろな止めかたがありますが、上五《かみご》を「や切れ」にして下五を名詞止めにすると、一段と無駄のない句の型になります。

湯を浴びる音の聞こゆる夏みかん　佐《さ》藤《とう》信《しん》

季語　夏みかん（夏）

解説 湯を浴びている音が聞こえます。そこに夏みかんがなっていた、という句です。この「夏みかん」の名詞止めが決まっています。

飯桐《いいぎり》の実や凍《い》てつきし土の上　小林《こばやし》つくし

季語 凍土（冬）

解説 「土に落ち」とするより「土の上」と名詞にすると、「凍て」がより強くなります。

冬支度して窓掛《まどかけ》の寸足らず　桃子

季語 冬支度（冬）

解説 「冬支度窓掛の寸足らざりし」と、説明するより、「寸足らず」という短い名詞の一語は印象が強くなります。

銭亀《ぜにがめ》の餌をくはへて後ずさり

季語 銭亀（夏）

解説 「後ずさりせり」などと、説明するよりも、「後ずさり」の最後の一語で鮮明に亀の動きが定着されました。

効果的につかいたい擬音

擬音とは、雨が激しく降る音を「ざあざあ」（擬声語）といったり、笑うようすを「にこにこ」（擬態語）といったりすることです。**擬音をつかうことで、状況や物事を生き生きと表現できます。**

自分流でつかってもかまいませんが、その擬音が読んだ人の共感を得るものでなくてはなりません。また、擬音の頼りすぎは、句を浅くします。

木《こ》の芽《め》山しとしと雨の降りつづく

箸立に箸ぎしぎしと春の夜

湧き水のたぷたぷ大根《だいこ》洗ひけり

季語 木の芽山・春の夜（春）、大根（冬）

「雨がしとしと」「箸立がぎしぎし」「水がたぷたぷ」など、案外、月並みな表現です。ここを踏ん張って、自分流の擬音を考え出さなくてはなりません。次の句を参考にしてみましょう。

だだだだと降り消防夫駆け廻る　水上黒介《みずかみくろすけ》

季語 消防夫（冬）

解説 「だだだだ」という音が効いています。火事で立ち込める煙や煤《すす》の臭いまで伝わってきます。

どんど竹ちりちりこげてぱつと消え　岩田美蜻《いわたびとん》

季語 どんど（新年）

解説 「どんど」「ちりちり」「ぱつと」がいいですね。現実を写生しているのに、現実を超えて、にぎやかに音を立てる炎のようすが伝わってきます。

白鳥のたゆたたゆたと飛びにけり　桃子

季語 白鳥（冬）

解説 白鳥が大きな身でゆさゆさと飛びゆくさまを表そうとしています。

句作の基本 9

避けたい表現・方法

✦ことばのぶつ切りではなくリズムのある句を
✦予想できることばや、擬人化の表現は避ける

リズムが悪くなる「三段切れ《さんだんぎ》」

五 ／ 七 ／ 五
切通《きりとお》しオートバイ来る月見草

季語 月見草（夏）

この句は、下五《しもご》が名詞「月見草」で止まって、名詞止めになっていますが、上五《かみご》のほうも「切通し」で名詞です。これでは、句が三つに切れてしまいます。

こうした句を「三段切れ」とか「三切《みき》れの句」といいます。ポツポツと切れてリ

ズムも悪いので、避けたほうが無難です。この句はポイントを絞って二つの句にしましょう。

切通し来ればひらきて月見草
月見草ひらくやオートバイが来る

原句 美術館ミレーの夕日麦《むぎ》の秋《あき》
添削例 麦秋《ばくしゅう》の美術館にてミレー見て
季語 麦の秋・麦秋（夏）

俳句は必ず、一カ所だけ切れる「二物《にぶつ》の取り合わせ」か、どこも切れない「一物《いちぶつ》仕立《じた》て」でつくるのが大切です。句のなかのどこかを省略してすっきりさせなくてはなりません。

新鮮さがなくなる「縁語《えんご》」

「縁語」とは、和歌を詠むときのいいかたで、あることばと意味の上で縁の深いことばをさします。

たとえば「太陽」といえば、「照る」が頭に浮かびますが、このようなことばを縁語といいます。「坂」と「登る」、「舟」と「海」、「浜」と「砂」、「目」と「顔」、「軒」と「家」などです。

すぐ思い浮かぶことばを並べてつかうことを、俳句では「即《つ》く」といいます。**縁語を一句に二つもつかうと即きすぎになりますので避けましょう。**

お座敷の床の間広き白椿

季語 **白椿**（春）

「座敷」といえば「床の間」はつきものですから、これを避けて別のことをいったほうが、句が新鮮になります。たとえば、次の句を見てみましょう。

白椿リビングルームに床の間が

実際そんなことはないのですが、「えっ、リビングに床の間なんかあるの？」と、驚くような感じの句になります。また、次のようにすると、座敷といわずとも、広い畳の座敷が目に浮かびます。

床の間の広々とあり白椿

ほかにも縁語となってしまった句を見てみましょう。

原句 海に浮く舟の傾き秋の風

添削例 一舟《いっしゅう》の傾きかけて秋の風

季語　**秋の風**（秋）

解説　「舟」はといえば、「海」も「浮く」も不要です。添削例では、秋風の吹く海を傾きつつ進む舟が見えてきます。

原句　炎昼《えんちゅう》や目に入りたる顔の汗

添削例　炎昼や目に入りたる汗の粒

季語　**炎昼・汗**（夏）

解説　「目」といえば「顔」は当然わかります。これを略せば、どういう汗なのかということに、もっとことばをつかうことができて、より深い表現となるでしょう。

原句　ぽかぽかと背をあたためて日向《ひなた》ぼこ

添削例　ぽかぽかと背をあたためてかじけ猫

季語　**日向ぼこ・かじけ猫**（冬）

解説 「日向ぼこ」では即《つ》きすぎですね。たとえば、かじかんで寒がっている猫、「かじけ猫」にしてみましょうか。

原句 別れ霜さよならという声小さ

添削例 春の霜さよならという声小さ

季語 **別れ霜・春の霜**（春）

解説 「別れ」「さよなら」も縁語です。

原句 スイートピー少女らはみなはにかみて

添削例 磯遊び少女らはみなはにかみて

季語 **スイートピー・磯遊び**（春）

原句 秋風やわが人生もはかなかり

添削例 大《おお》朝《あさ》寝《ね》わが人生もはかなかり

季語 秋風（秋）、朝寝（春）

稚拙さが出てしまう「擬人化《ぎじんか》」

こほろぎや吾《われ》を訪ねて枕辺《まくらべ》に

季語 こおろぎ（秋）

こおろぎが、人のように、私を訪ねてきましたよ、という句です。このように、人でないものを、人にたとえることを「擬人化」といいます。擬人化は、たいへんわかりやすいのですが、そのぶん幼稚になります。ものを人にたとえず、ものそのままに表現するように心がけましょう。

こほろぎのふと来てゐたり枕辺に

このようにすると、「訪ねてきた」とする作者の思い入れはなくなり、こおろぎの、そのままのようすが浮かびます。次の三句は典型的な擬人化です。

枝の柿顔赤らんで秋深し

季語 **柿・秋深し**（秋）

解説 「柿」を「赤い顔」と擬人化しています。

芒《すすき》の穂そよぐ手を振り吾《われ》招く

季語 **芒**（秋）

解説 「芒の穂」を「手を振る人」に擬人化しています。

枯木立《かれこだち》両手を上げて天を突く

季語 **枯木立**（冬）

解説 「枯木立」を「手を上げる人」に擬していています。

しかし、擬人化がすべてだめなのではありません。なかには楽しい句もあります。

蕨等《わらびら》はすでにかあさんとうさんに　秋津美鳥《あきつみどり》

季語　蕨（春）

厚物咲《あつもの》や針金に首あづけたる　三上冬華《みかみとうか》

季語　厚物咲《あつものざき》（秋）

シクラメン伸び放題にくたばりぬ　つつじ千枝《ちえ》

季語　シクラメン（春）

蕨も厚物咲もシクラメンも、そこはかとなく、人に擬されているところが見所です。

句作の基本 10

日常のことばでさりげなく伝える

✦俳句に難しいことばは必要ない
✦見たままの素直な気持ちで詠む

なにげない日常のことばを選ぶ

「俳句をつくろう」と思うと、なにか特別なことばでつくらなければと思いがちですが、そんなことはありません。日常つかっていることばで、ふだんの生活のことを表現すればよいのです。

何欲しや焼芋《やきいも》欲しとこたへけり

季語 焼芋（冬）

「なにが欲しいの？」と聞かれて、「焼芋が欲しいよ」と答えました、とただそれだけのことです。なにかとても大事なものが欲しいのかなと思えば、「焼芋」だったという、ちょっとずっこけた感じが楽しい句です。

日常のことばをこんなふうにつかえば、なにげない楽しい句が生まれます。実はこの句は、高浜虚子の有名な次の句のパロディです。

初蝶《はつちょう》来何色と問ふ黄色と答ふ　高浜虚子《たかはまきょし》

季語 **初蝶**（春）

解説 「初蝶が来ましたよ」。「何色ですか？」と問えば、「黄色ですよ」と答えました、という会話の句です。

森の方から短夜《みじかよ》が来るんだよ　如月真菜《きさらぎまな》

季語 **短夜**（夏）

解説 「短夜」は夏の夜の短さを表しています。「来るんだよ」という話しことばが童話的な雰囲気を出しています。

稲架《はざ》の影長うなつたでしまいにしよ　井上明未《いのうえあきみ》

季語　稲架（秋）

解説　「なったで、しまいにしょ」は方言のようで楽しいです。

子どもの視点で表現してみる

白萩の一叢《ひとむら》の揺れ刈りにけり

季語　白萩（秋）

この句は、「揺れを刈った」に技巧があります。こんな句ができたら、「うまい！」と思うものですが、そこが落とし穴です。松尾芭蕉は、「俳諧は三尺の童《わらべ》にさせよ」

といっています。このようなじょうずな表現より、子どもっぽい表現こそ大切です。

白萩の一叢揺らし刈りにけり

これなら見たままの感じです。あれこれじょうずに見せず、できるだけ客観的な句のほうが、かえって深い、あきのこない感動を与えます。

名句はみんな子どものような句です。

甘草《かんぞう》の芽のとびとびのひとならび　高野素十《たかのすじゅう》

季語　甘草の芽（春）

解説　芽がとびとびに出てきたのが、あたかも「ひとならび」のごとくだった、というだけのことです。

むまさうな雪がふうはりふはりかな　小林一茶《こばやしいっさ》

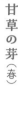

季語 雪（冬）

解説 「むまさう」は「うまそう」ということ。ほんとうにふわふわ降ってくる雪はおいしそうです。

ふるぼけしセロ一丁の僕の冬

篠原鳳作《しのはらほうさく》

季語 冬（冬）

解説 子どものように「僕の冬」といい切っています。

句作の基本 11

伝えたいことをひとつにまとめる

✦省略したことばに奥行きをもたせる
✦修飾語をひとつにして句のポイントを絞る

ことばを省略する

俳句をつくりはじめると、表現したいことがたくさんあって、なかなか五・七・五の十七音に入りきりません。思わず、次のような句ができてしまったりすることもあります。

夏星ヘクラシックががんがん響かせケンカあと

季語 **夏星**（夏）

部屋にこもって、あてつけに音楽をかん高く響かせているようすです。同感してしまいますが、長いですね。ポイントを絞らなくてはなりません。たくさんのことを表現したいのに、省略するという苦しさに耐え、それを喜びに替えるのが俳句の楽しみかたです。私ならこんなふうにしてみます。思い切ってことばを省いてみましょう。

夏星へ音楽響くけんか後

省略されている部分が多く、しかも、読者に作者の思いが伝われば、それだけその句は奥行きが出て、含蓄ある句ということになります。

原句 草むらの中ゆらり水《みず》引《ひき》草《そう》最盛期

添削例 草むらに水引草の真《ま》つ盛《さか》り

草の中水引草の花ゆらり

季語 水引草（秋）

解説 最初の添削例は「最盛期」にポイントを絞って省略した場合、二番目の添削例は「ゆらり」をいかして、ほかを省略した場合です。

修飾語はひとつだけに

原句 古びたる御堂《みどう》の紅葉ほのかにも

添削例 古びたる御堂をめぐり紅葉かな
御堂より見ゆる紅葉のほのかにも

季語 紅葉（秋）

御堂は「古びたる」、紅葉は「ほのかに」と、一句のなかに二つの修飾語が入っています。こうなると、読み手はいったいどちらを読み取ればよいのか迷います。

どちらかといえば、「ほのか」をいかしたいところです。というのも、御堂といえば、だいたい古色蒼然といった感じですから、「古びたる」は蛇足です。御堂が新築で、なにか違和感がある場合はまた別の句になります。

この御堂いやに新し薄紅葉《うすもみじ》

このようにすると、「新し」という修飾語がひとつのため、ここがこの句のポイントとなります。紅葉がほのかであることを表すには、「薄紅葉」という季語もあります。**同じことは重ねていわないことも大切**です。できるだけ表現の重複を避けましょう。

立子忌《たつこき》やかすかににごる潮汁《うしおじる》

たなか迪子《みちこ》

季語 立子忌（春）

解説 ふつうは澄んでいる潮汁の濁りを発見しました。「かすか」がいきています。

句作の基本

12

あえていわずに表現する

✦感情や感想のことばをそのままつかわない
✦別のことばで心のなかを表現する

俳句のなかで「心」はいわない

俳句も詩と同じように、自分の心のなかのことを書くものです。ただし、俳句では、直接心がどう思ったか、感じたかをいわず、短い形のなかに盛り込むために、ものに託して表します。

梨食うてすつぱき芯に至りけり　桃子

季語　梨（秋）

この句を詠んだとき、「すっぱい味を感じている我が心」を、「梨の芯」に託して表しているのです。ですから、「心」ということばをつかわなくてもわかります。

原句 子の道を心に決めて入学式

添削例 子の道を確かに決めて入学式

季語 **入学式**（春）

この句は、中七《なかしち》を「確かに決めて」としたことで、「心に」と書く以上に心が伝わってきます。具体的にいえばいうほど的確に伝わるのです。

また、「さびしい」「悲しい」「うれしい」という直接的なことばも、つかわないほうが俳句は深くなります。

原句 落葉ちり私一人が悲しかり

添削例 落葉ちりベンチに私一人かな

季語 落葉（冬）

悲しい思いを直接いってしまうよりは、添削例のように姿を具体的にいったほうが、読む人はそのさびしい景色を頭に思い浮かべることができます。

次の句も同様です。

原句 囲碁にあき淋しくなりし春の昼

添削例 囲碁にあき手持無沙汰や春の昼

囲碁にあき誰も来なくて春の昼

季語 春の昼（春）

これも、「淋しい」をいわずに、添削例のようにしたほうが、「淋しさ」がぐっと深く伝わってくるではありませんか。

原句 湯豆腐の湯気立ってくるうれしかり

添削例 湯豆腐の湯気立ってきて窓くもる
湯豆腐の湯気立ってきて箸をとる

季語 **湯豆腐**（冬）

解説 「うれしさ」をつかわず、あたたかなものを食べる喜びを、窓がくもってきたことに託して表しています。

原句 春の雲SLが行くたのしそう

添削例 春の雲SLが行く蒸気吐き
春の雲SLが行く汽笛鳴り

季語 **春の雲**（春）

解説 「たのしそう」といわずに、どのようにSLは行くのか、を描写しましょう。

原句 春の夜の女のうなじ美しき

添削例　春の夜の女のうなじほつそりと
春の夜の女のうなじ白々と

季語　**春の夜**（春）

解説　どんなうなじなのかわかるように、具体的に描写します。

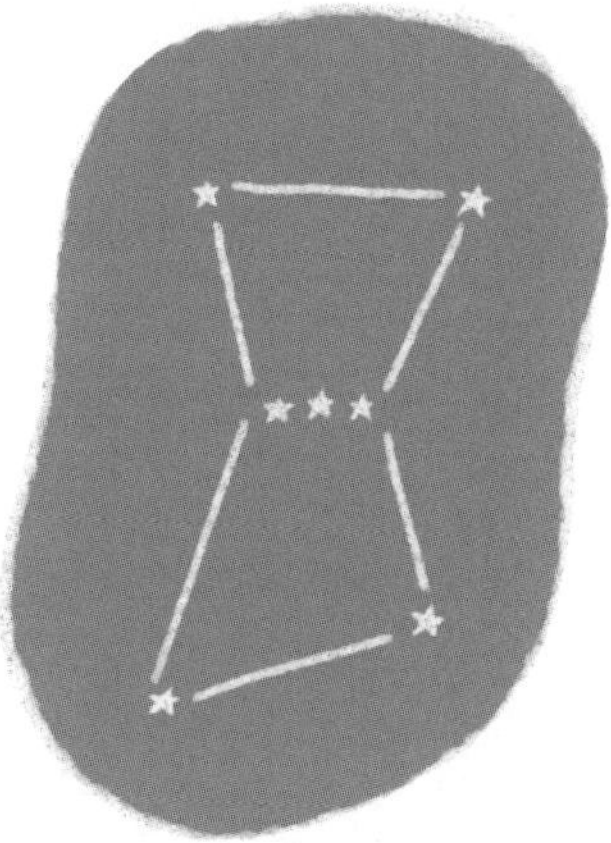

第3章

俳句の様式を学びましょう

俳句といっても
その様式はさまざまです。
実際の俳句を読みながら、俳句の代表的な
スタイルを知っておきましょう。

句作の種類 1

「自由律俳句《じゆうりつはいく》」と「無季俳句《むきはいく》」の味わい

✦定型にないおもしろさを楽しむ
✦初心者は定型を守るのが基本

定型から外れた「自由律俳句」

俳句のなかには、ほんとうに短い句もあります。次の句を見てください。

「三」「三」「三」

せきをしてもひとり　尾崎放哉《おざきほうさい》

季語　咳（冬）

風邪をひいて、コンコン咳をしているのでしょう。苦しくて、誰かに背をなでてなぐさめてほしいのに、誰もいない、という句です。この句は三・三・三の型です。
このような五・七・五という定型から外れた、約束破りの句を「自由律俳句」といいます。また、次の句を見てください。

七・十二・五

曳《ひ》かれる牛が辻でずつと見廻した秋空だ　河東碧梧桐《かわひがしへきごとう》

季語　**秋空**（秋）

ずいぶん長いですね。七・十一・五の型です。これも自由律俳句です。ほかにも、いくつか自由律俳句をご紹介しましょう。

七・七・五

短気な犬を見てゐる犬や夕立来《ゆうだちく》　中村草田男《なかむらくさたお》

季語　**夕立**（夏）

泥鰌《どじょう》浮いて鰻《うなぎ》も居るというて沈む
六 十 三
季語 泥鰌（夏）
永田《ながた》耕衣《こうい》

うしろすがたのしぐれてゆくか
七 七
季語 しぐれ（冬）
種田《たねだ》山頭火《さんとうか》

季語の入らない「無季俳句」

季語を入れるという約束ごとを破っている句もあります。「無季俳句」といいます。

しんしんと肺碧《あお》きさまで海の旅
篠原《しのはら》鳳作《ほうさく》

天文や大食《タージ》の天の鷹を馴らし　加藤《かとう》郁乎《いくや》

戦争が廊下の奥に立つてゐた　渡辺《わたなべ》白泉《はくせん》

蝶墜《お》ちて大音響の結氷《けっぴょう》期《き》　富沢《とみざわ》赤黄男《かきお》

妻子を担う片眼片肺枯手足《かれてあし》　日野《ひの》草城《そうじょう》

銀行員等《ぎんこういんら》朝より蛍光《けいこう》す烏賊《いか》のごとく　金子《かねこ》兜太《とうた》

「鷹」「蝶」「枯」「烏賊」などは歳時記に載っている季語ですが、これらの句のなかでは季節のことばとしてつかわれてはいません。そのためこれらも無季の俳句です。

自由律俳句にも無季俳句にも、それなりのおもしろさがありますが、これから俳句をはじめる人は、まずは、基本となる定型、季語を入れることを守りましょう。

句作の種類 2

まずは「取り合わせの句」から

✦二つの句材を用いる基本の句作
✦思いがけない取り合わせが新鮮さを生む

季語の持ち味をいかす取り合わせ

春の風会いたき人に会いにけり　桃子

季語　春の風（春）

この句は、「春の風」という季語に、「会いたき人に会いにけり」という作者の思いを述べたことばがドッキングしています。これを俳句風にいうと、「春の風」と中七下五《なかしちしもご》のことばが取り合わせになっているといいます。そして、こうした二つの要素・句材を合わせてつくる句を「取り合わせの句」と呼びます。句材とは、句をつくるための材料のことをいいます。

私はこんな句もつくりました。

小鳥くる会ひたき人にあふべかり　桃子

季語 小鳥くる（秋）

「あふべかり」という強く断言することばに、「小鳥くる」という秋の季語が「取り合わせ」になっているのです。「春の風」は、ホンワカと心躍るようなムードですが、「小鳥くる」という秋の季語を取り合わせると、「里はもう秋よ、里に小鳥がやって来たように、私の人生ももう秋だから、いまのうちに、会うべき人に会っておかなきゃ！」という心急《せ》く感じになります。

季語の取り合わせのしかたによっては、句に違った感じかたをもたらすことができるのです。

意外な二物《にぶつ》の取り合わせ

古池や蛙飛び込む水の音　松尾芭蕉《まつおばしょう》

季語　蛙（春）

「古池」と「蛙」が取り合わせです。「静かな古い池」と春になって「蛙が飛び込む音」の、静と動が対比され、春のイメージがより際立ちます。

立春《りっしゅん》や二連真珠《にれんしんじゅ》のちと重た　佐保田乃布《さほだのぶ》

季語　立春（春）

この句は、「立春」と中七・下五とが取り合わせになっています。春だからといって、急に真珠のネックレスが重くなることはないのですが、立春だとおしゃれをしたのに、春寒くまだ重い感じがあったのでしょう。こうした「二物の取り合わせ」によって、思いがけないイメージを引き出すこともできます。

台風やまこと大きな鴉《からす》の巣

宮島《みやじま》敦子《あつこ》

季語 **台風**（秋）

台風と鴉が大きな巣をかけることとの具体的なつながりはわかりませんが、鴉の巣を見つけた驚きが、ストレートに伝わり、迫り来る台風に対する不安も感じられます。

こうした**取り合わせかたによって、同じような句でも違う感じをかもしだしたり、イメージをいっそう広げることができます。**それは、ほとんど季語の持ち味（本意）によるものです。こうしたことも心にとめておけば、俳句の世界はより深まります。

山覚めて民生委員引き受けぬ

佐《さ》保《ほ》田《だ》乃《の》布《ぶ》

季語 山覚める（春）

しもやけや近くに停まる救急車

水木《みずき》なまこ

季語 しもやけ（冬）

解説 「しもやけ」の治療に「救急車」が来たわけではありませんから、二つのことは無関係ですが、寒さと緊張感が響き合い、ときならぬ騒ぎを寒そうに見ている人たちの姿まで目に浮かびます。

フランス人仰山《ぎょうさん》にゐて子どもの日

伊《い》東《とう》なづな

季語 こどもの日（夏）

解説 こどもの日だからフランス人が仰山いるわけではありません。たまたまたくさんのフランス人を見かけただけですが、「こどもの日」だったことでなんだか楽しくなる句です。

三尺寝《さんじゃくね》たくさん電車通り過ぎ　小倉《おぐら》わこ

季語 三尺寝（夏）

解説 三尺寝は暑い時期、戸外で昼寝をすることです。たくさん電車が通り過ぎるような場所なのか、夢のなかなのか。

白梅や物差しさがし小半日《こはんにち》　船田《ふなだ》美鈴《みすず》

季語 白梅（春）

熱湯にくぐらす湯呑《ゆのみ》弓始《ゆみはじめ》　田代《たしろ》早苗《さなえ》

季語 弓始（新年）

取り合わせのポイント

一句は「季語」と「ほかの部分」（作者のいいたいこと、作者の思い）の取り合わせで成り立っています。この二つが微妙に、ぴったりしたときに俳句は成功するといえます。それはまさに洋服の取り合わせにも似ています。服を着るときには、どれとどれを合わせるかと頭を悩ませ、あれこれ考え決定しますが、俳句も同じことです。百人いれば、百人の取り合わせがあります。

できるだけ飾りすぎを避けることが肝心です。季語が明るくぱーっとしているときは、取り合わせることばはさりげないものにします。逆に、いいたいことが暗く切なさにあふれているときは、季語はむしろさっぱりと明るいものにします。

薔薇《ばら》描く絵皿はなやか春の宵

季語 **春の宵**（春）

「薔薇」「絵皿」「春の宵」と、華やかなことばが続くと、華やかすぎて、落ち着かないものです。少し辛味、渋味を入れたいところです。

薔薇描く絵皿を卓に春の果《はて》

季語 **春の果**（春）

もう春も終わりと、「春の果」のさびしさを一味加えてみます。ほかにも、取り合わせの例を見てみましょう。

原句 秋暮るる亡き師しのびて影重し

添削例 秋の星亡き師しのびてたたづめば

季語 **秋暮るる・秋の星**（秋）

解説 「秋暮るる」「亡き師」「しのぶ」「影」「重し」と、読んでも読んでも暗くさびしいことばが続きます。これでは、読み手のイメージにも広がりが出ません。どこか一点は、明るくして、ホッとしたいものです。悲しいなかにも、「秋の星」の明るさを込めてみてはどうでしょうか。

原句 秋風や青田刈《がり》てふかなしみも

添削例 蓼《たで》咲くや青田刈てふかなしみも

季語 **秋風・蓼の花**（秋）

解説 「秋風」も「青田刈」も「かなしみ」もみな悲しさを示すことばです。ここでも、「蓼咲く」などと、さりげない季語に替えてみます。

句作の種類 3

挑戦したい「一物仕立《いちぶつじた》ての句」

✦一物仕立ては句材がひとつだけの句

✦句作に慣れてきたら挑戦したい技術

ひとつの句材で仕立てる俳句

先に説明した二つ以上の句材を取り合わせる「取り合わせの句」に対して、俳句の型には、もうひとつ、たったひとつの句材でつくる「一物仕立ての句」があります。たとえば、こんな句です。

春の風ほこり巻上《まきあ》げ吹き来たり

季語 **春の風**（春）

「ほこり巻上げ吹き来たり」とは、「春の風」のことについていっています。春の風以外のものは取り合わせてはありません。こうした句を「一物仕立ての句」と呼びます。ひとつのもの（句材）だけで、一句が仕立ててあるのです。

なかなか句がつくれないときは、とりあえず、自分の思ったことを十二音でいって、それに五音の季語を取り合わせれば、なんとか一句つくることができます。

でも、一物仕立ての句は、季語になにか取り合わせただけではつくれないので、かえって難しいですね。

孑孑《ぼうふら》のまつしぐらにぞ昇りくる　桃子

季語　孑孑（夏）

この句は、ただ水の中の孑孑がくねくねと泳ぎ昇ってくるようすをいっただけです。これが、孑孑のあの細いくねっとした形を連想させるとしたら、あるいは、孑孑がくねくねずんずんと水面に向かって上がってくるように見えたら、この一物仕立てては成功したということになります。さて、いかがでしょうか。

その他の一物仕立ての俳句も、紹介しておきましょう。

雪吊《ゆきつり》の縄垂らしたるまま居らず　中村阿昼《なかむらあひる》

季語 **雪吊**（冬）

解説 雪吊は庭木などの雪折れを防ぐために、縄で枝を吊る作業です。植木屋さんの昼休みなのでしょう。作業途中の縄を垂らしたまま、誰もいないのです。雪国の昼下がりの感じが出ています。

露の玉葉先にすべりふくれ落つ　舟《ふね》まどひ

季語 **露の玉**（秋）

解説 葉先の露の玉をじっと見ているのです。

桑根《くわね》榾《ほだ》からみしままに燃え尽きぬ　浦野《うらの》せつを

季語 **根榾**（冬）

解説 桑根榾は掘り起こした桑の根のことです。くべた囲炉裏などのなかで、隣の根っことからみついたまま燃え尽きたという句です。いかにも山のなかの家のくらしを思わせる句です。

軒つららやせ衰えて垂《しづ》りけり　桜庭門九《さくらばもんく》

季語 **氷柱《つらら》**（冬）

解説 軒のつららが、だんだんに衰えてきて垂れてしまった。つららのことだけを詠んでいます。

白桃のむけばうすうす黄金色《こがねいろ》　桃子

季語 **白桃**（秋）

解説 白い桃をむいたら、うっすらと黄金色だったという驚きです。

句作の種類 4

強調とリズムを生む「リフレインの句」

✦リフレインは同じことばをくり返すこと
✦効果的につかうと思いを伝えやすくなる

くり返すことで強調される俳句

一句のなかで、作者が一番強調したいところは、くり返すととくに強調されます。リフレインはくり返すことで、句にリズムを生み出します。「リフレインの句」とは、このくり返しのことばの入っている句のことです。

うらがへし又うらがへし大蛾《たいが》掃く　前田《まえだ》普羅《ふら》

季語　蛾（夏）

庭に、昨夜の蛾が死んで落ちていたのを、リズミカルにほうきで掃いているのです。掃きゆくにつれ、大蛾は裏になったり表になったりしています。このリズムによって、命のなくなった生物のあわれさがより伝わってきます。

このように、**ことばをくり返すことで、作者の思いはより強く押し出されてくる**のです。心を表現することに向いていない俳句では、リフレインによって思いを表すこともできます。

庭石にこつんこつんと梅青き　さいとう二水《にすい》

季語　**青梅**（夏）

「こつんこつん」のくり返しで、たくさんの青い梅が次々落ちてくるようすが目に見えるようです。

芋虫《いもむし》の一つは潰《つぶ》れ一つ歩む　桃子

季語　芋虫（秋）

こうくり返すと、芋虫が二匹以上、何匹もいるようすがわかります。そのひとつは潰れて死んで、ひとつは生きて歩いている、という句です。

手に首に胸に瑪瑙《めのう》や女正月《めしょうがつ》　矢野蛍《やのほたる》

季語　女正月（新年）

同じことばだけでなく、「手」「首」「胸」という、こういったくり返しも、また楽しいリフレインです。

リフレインが効果的な句には、古来、愛唱句がたくさんあります。

火美《うつく》し酒美しやあたためむ　山口青邨《やまぐちせいそん》

季語　温め酒（秋）

いなびかり北よりすれば北を見る

橋本多佳子《はしもとたかこ》

季語 いなびかり（秋）

ちるさくら海青ければ海へちる

高屋窓秋《たかやそうしゅう》

季語 散る桜（春）

炎天の遠き帆やわが心の帆

山口誓子《やまぐちせいし》

季語 炎天（夏）

妻二《ふ》夜《よ》あらず二夜の天の川

中村草田男《なかむらくさたお》

季語 天の川（秋）

秋刀魚《さんま》啖《ふ》ふ口ステンカラージンうたふ口

加藤楸邨《かとうしゅうそん》

季語 秋刀魚（秋）

鞦韆《しゅうせん》は漕《こ》ぐべし愛は奪ふべし

三橋鷹女《みつはしたかじょ》

季語 鞦韆（春）

解説 鞦韆とは「ぶらんこ」のことです。

句作の種類 5

絵を描くように詠む「写生の句」

✦見たものをそのまま伝える写生の句
✦よく観察し、客観的に表現することが大切

あるがままを詠む俳句

そこにある生活や、ものや、風景を、現実のままでありながら、その一部分を取り出して詠んだ俳句を「写生の句」といいます。

桃青し赤きところのすこしあり　高野《たかの》素十《すじゅう》

季語　**桃の実**（秋）

有名な句です。たまたまそこで目にしたことを、ありのままに写生した句です。

そんなわかりきったことをなぜ俳句にするのか、という人もいますが、作者はそんな、なんでもないことがおもしろかったのです。「それがどうした」と思うような、なんでもないことを詠むことこそ俳句です。

吹き寄せて冬の噴水《ふんすい》たわむなり　佐藤明彦《さとうあきひこ》

季語 **冬**（冬）

解説 冬の寒々とした噴水をじっと見ています。風が吹き寄せてくると、その風なりに噴水の水の柱がたわみます。かなりの風なのです。

写生の句を詠むポイント

写生の句を詠む際は、次の4つのポイントを意識しましょう。

①写生する対象の客観性を重視する

できるだけ自分勝手な思い入れ、主観を捨て、ものや生きもの、風景を客観的に見つめます。

角叉《つのまた》のさびしさびしと寄せにける　桃子

季語 **角叉**（春）

解説 海草の角叉が、波の寄せるたびに寄せては返しています。「さびしさびしと」の思い入れを、次のようにします。

角叉の寄せて返してまた寄せて

②対象を見つめ、最後まで目を離さない

対象をしっかりと観察し、そのようすをつぶさに描写します。

紫蘇《しそ》の実をつけて紫蘇の葉《は》紅葉《もじみ》かな　水上黒介《みずかみくろすけ》

季語 **紫蘇**（夏）

解説　紫蘇一本を見つめ、実や葉もじっと観察しています。

③見つめている対象と一体になる

見ている私と見られている対象とが一体になったような瞬間に、一句できたりするものです。

紫《げん》雲英《げ》の芽小さき土くれ持ち上げし　高野《たかの》虹子《こうじ》

季語　紫雲英（春）

解説　紫雲英の芽のほんとうに小さな頭が、土くれを必死に持ち上げているさまを写生した句です。この小さな芽を作者が必死に応援しているようではありませんか。

④人間も物体として見る

人間も自然の一部です。人間も、人間のつくったものも、ひとつの生きものとして写生すれば、おもしろくなります。

凍空《いてぞら》やヘリコプターの前のめり　小川春休《おがわしゅんきゅう》

季語　凍空（冬）

解説　凍てついた空を飛ぶヘリコプターを写生しています。見ると、まるで寒くて急いでゆくかのように前のめりになっているというのです。いかにも凍空です。

句作の種類 6

現実にはないものを詠む「幻想の句」

✦幻想の世界を俳句にすることもできる
✦共感を呼ぶことば選びが必要

現実を写生しない句

ときには、現実にはない幻想の世界を俳句にしたいときもあります。「現実を写生した句」ではありませんから、「幻想の句」と呼びます。

白露《しらつゆ》や上皇さまの今様狂《うたぐる》ひ　桃子

季語 白露（秋）

長き夜の更《ふ》けて遊女《あそび》の目井《めい》・乙前《おとまえ》　桃子

季語 **長き夜**（秋）

どちらも『梁塵秘抄《りょうじんひしょう》』を読んでいて、後白河《ごしらかわ》上皇や、その恋人の遊女が、目の前で今様《いまよう》を唄っているという幻想でつくった句です。とはいえ、読み手に通じない幻想では、共感を呼ぶことはできません。**読み手と共通の理解を得るには、現実感のある季語の力を借りる必要があります。**

上皇の今様と「白露」のはかなさを、遊女の今様と「長き夜の夜更《よふ》け」を取り合わせています。

頭の中で白い夏野となつている

高屋窓秋《たかやそうしゅう》

季語 **夏野**（夏）

夏野が「白い」はずはないですが、焼けつくような「夏野」で、くらくらと一瞬、頭が真っ白になったようで、「白」に現実感があります。

淋しい幽霊いくつも壁をぬけるなり　高柳重信《たかやなぎしげのぶ》

季語　幽霊（夏）

幽霊は幻想に違いありませんが、それが「いくつも壁をぬける」なんて、さもありなんと、うなずかせるリアリティがあります。

幻想の句もそこから現実の世界を思わせるところが、おもしろみなのです。

サウナには鰐《わに》がをります春の夜　中村《なかむら》ふみ

季語　春の夜（春）

もちろんサウナに鰐がいるわけはありませんが、作者はサウナの湯気のなかで、そんな幻想を抱いたのでしょう。サウナにのびているお父さんの比喩《ひゆ》かもしれません。もしかしたら「あるかもしれない」と思わせなくては、この手の句は成功しません。「あるかもしれない」という感じが、リアリティということなのです。

桃たべて虫めづる姫君となる　如月真菜《きさらぎまな》

季語 **桃の実**（秋）

作者は桃を食べたとたんにもう、すっかり「虫めづる姫君」の気分になってしまったのです。

この樹登らば鬼女となるべし夕紅葉《ゆうもみじ》　三橋鷹女《みつはしたかじょ》

季語 **紅葉**（秋）

燃えるような紅葉のなかにいると、こんな気分になったことがありませんか。

俳句にはこのように、写生と幻想の二つのやりかたがあります。俳句は自由な表現ですから、どちらでも、好きなやりかたでつくってみてください。

句作の種類

7

オリジナルが大切な「見《み》立《た》ての句」

✦比《ひ》喩《ゆ》をつかって仕立てる見立ての句
✦ありきたりを避け、新しい表現を探る

見立ての比喩は斬新さを意識する

比喩とは、たとえば、「○○は△△に似ている」「まるで△△のようだ」「△△のごとき」「○○めいた」というように、一見した感じをなにか別のものにたとえることです。

たとえば、「もみじ」を「おさな子の手」にたとえるのは、よくあることです。

おさな子の手をひろげたる紅葉《もみじ》かな

季語 紅葉（秋）

こうした比喩を用いた句を「見立ての句」といいます。ただし、おさな子の手をもみじに見立てるのは、すでにいい古されています。

銀杏《いちょう》の葉散つて黄色い蝶々かな

季語 **銀杏散る**（秋）

銀杏の葉の形を蝶にたとえるのも月並みです。

雪降つて山並《やまなみ》すべて白化粧《しろげしょう》

季語 **雪**（冬）

山が雪で白く化粧をしたというのも、よく見る表現です。このほかにも「少女」を「薔薇《ばら》の花」、「少年」を「かもしか」、「月」を「お盆」に見立てたりと、数えあげたらきりがないほどです。

青々と脛《すね》に傷ある今年竹《ことしだけ》

季語 今年竹（夏）

「今年竹」というのは、今年、竹の子から大きくなった竹のことです。それを「脛」に見立てていますが、「脛に傷がある」では、「脛に傷をもつならず者」という慣用句が先に浮かんできます。そうすると、ありきたりになってしまいます。

俳句は、こういう人を驚かすようなアイデアに頼ってしまうと、深く感動させる句にはなりません。しみじみと忘れられないような句を目指してつくることが肝心です。

詩を書くというのは、新しい見立てをさがすこと、ともいえますから、「見立て」は、いままで、誰もつかっていないものをさがさなくてはなりません。これがなかなか難しいことです。

隊列は棒からVへ鳥渡る　福《ふく》見《み》一《いっ》歩《ぽ》

季語　鳥渡る（秋）

解説　渡り鳥は秋、隊列を組んで北方から渡ってきます。雁《がん》の飛ぶ姿には、「鉤《かぎ》になり竿になり」という、よく知られた比喩がありますが、「棒」や「V」という、いままでなかった比喩が成功しています。

ＭＲＩ洞穴ぬけて走梅雨《はしりづゆ》　谷《たに》いくこ

季語　走梅雨（夏）

解説　梅雨の前触れの時期に、ＭＲＩ検査を受けたのです。寝かされて、ドーム状の機械にずーっと入っていくようすは、いかにも洞穴に吸い込まれていくようで、新鮮です。

バリケードめきしアートも十二月　佐《さ》藤《とう》明《あき》彦《ひこ》

季語　十二月（冬）

解説

アートがバリケードのようだとは、なるほど、びっくりです。

句をいかす
1

表記の違いで印象が変わる俳句

✦漢字とひらがなをうまくつかい分ける
✦カタカナは外来語だけに用いる

漢字をいかした句

松尾芭蕉は「舌頭千転《ぜっとうせんてん》」といいました。一句できたら、千回も舌に転がして唱え、できるだけリズムよく、なめらかに表現することが大切ということです。

また、見た目も考える必要があります。漢字、ひらがな、カタカナで、雰囲気は**ガラリと変わります。**

漢字が多い句は、ごつごつして固い感じです。

白樺《しらかば》白樺白樺白樺遅桜《おそざくら》　桃子

季語 遅桜（春）

白樺林のなかに、一本遅桜が咲いている、という句です。漢字で白樺を並べ、白樺を一本一本数えているようなイメージにしています。

炎昼《えんちゅう》や竹百幹の闇の中　寒川雅秋《さむかわまさあき》

季語 炎昼（夏）

密々と茂った竹林に「昼なお暗き」という趣がある、という句です。漢字が、むせるような暑さと、そそり立つ竹林の凄《すご》みを際立たせています。

また、強調したいところは漢字にするとよいでしょう。

次の句を比べてみてください。

原句 長靴の指のりきむや颱風《たいふう》来　こると蓮《れん》

添削例　長靴の指の力むや颱風来

季語　颱風（秋）

解説　「りきむ」を「力む」と漢字にしたほうが、力が入る感じがより伝わってきますね。

千《せん》一体《いったい》佛《ぼとけ》お鏡《かがみ》千《せん》一個《いっこ》　桃子

季語　鏡餅（新年）

咳《せき》嚔《くさめ》鼻《はな》水《みず》野《や》郎《ろう》空《から》涙《なみだ》　岡田《おかだ》四庵《しあん》

季語　咳・嚔・鼻水（冬）

一望や足利鉄橋冬景色　関口《せきぐち》こごみ

季語　冬景色（冬）

ひらがなをいかした句

ひらがなをたくさんつかうと、やさしい、やわらかなふんわりとした雰囲気が出ます。

をりとりてはらりとおもきすゝきかな　飯田蛇笏《いいだだこつ》

季語　すすき（秋）

折り取りてはらりと重き薄《すすき》かな

漢字をつかえばこうなりますが、二つの句の違いを味わってみましょう。

ういらうのうすもものいろもふゆはじめ　桃子

季語　冬初め（冬）

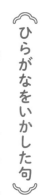

U音、O音のこもった音が、冬のはじめの重たい季節感を出しています。

鬼やらひひらひらひらと巫女《みこ》はしり　石井《いしい》みや

季語　鬼やらい＝豆まき（春）

カタカナをいかした句

基本的に外来語はカタカナで表記します。

ダイコンもミカンも買つて年用意

この句は、八百屋の札にカタカナで書いてあったとおりに表記したのかもしれませんが、やはり、大根、蜜柑と漢字で書くかひらがなにしなくてはなりません。

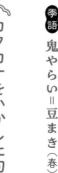

冬麗《とうれい》やチャイルドシートにしばりつけ　はらてふ古《こ》

季語　冬麗（冬）

カタカナの外来語が、日本の季語と組み合わされ、新鮮さが感じられます。といっても、やたらとカタカナをつかうと、安っぽい印象になってしまいます。

林間学校我輩《りんかんがっこうわがはい》ハ猫《ねこ》デアル　如月真菜《きさらぎまな》

季語　林間学校（夏）

解説　ご存じ、夏目漱石の作品をそのまま登場させた句ですが、この漢文のような明治調の、いばった感じの句にカタカナが効いています。

クロークに冷えしコートと手袋と　コスモメルモ

季語　コート・手袋（冬）

解説　「クローク」と「コート」のカタカナが都会の冷えを感じさせ決まっています。

ハロウィンや娘の服で来たといふ　安達《あだち》韻颯《いんさつ》

季語　ハロウィーン（冬）

解説　「ハロウィーン」が正しいのですが、句の表記ではちぢめてもかまいません。

鉄橋にピーと汽笛や蘆《あし》の角《つの》　石井《いしい》渓風《けいふう》

季語　蘆の角（春）

アルファベットの入った句

いまや、俳句は世界中でつくられています。積極的に外国語を俳句に取り込んでもいいですね。

春のＫＩＳＳ《キス》消毒すとはなにごとぞ　佐藤《さとう》明彦《あきひこ》

季語　春（春）

IMAGINE《イマジン》に鶴歩み出づレノンの忌　いけだきよし

季語　鶴（冬）

種《たね》選《え》るやBGM《ビージーエム》にビバルディ　楡《にれ》すみこ

季語　種選る（春）

数字の入った句

俳句はいかに簡単に、多くのイメージを伝えるかが大切ですから、数字はたいへん有効です。

一分は六十秒やお元日　田《た》代《しろ》草《そう》猫《みょう》

季語　元日（新年）

解説　当たり前のことすらめでたい元日だ、と感じさせます。

産土《うぶすな》に祠《ほこら》三十初詣　二川《ふたがわ》はなの

季語　初詣（新年）

解説　単純な「三十も」という驚きがおめでたいのです。

百の影百の目高《めだか》にしたがへり　小林《こばやし》つくし

季語　目高（夏）

解説　「百」は具体的で、同時に「無限の数」を感じさせます。

まんぢゆうを十五持て来る獺祭忌《だっさいき》　井手口《いでぐち》俊子《としこ》

季語　獺祭忌（秋）

解説　重病でありながら、大食らいだった正岡子規の忌日に、十五個のまんじゅうを持ってきた、という句です。「十五」という数に臨場感があります。

句をいかす

2

感覚をいかした俳句

✦五感をことばで表現してみる
✦共感できる新しいイメージを考える

耳をいかした句

俳句は、よく見てつくる文芸ですが、ときには目をつむってみましょう。すると、視覚だけでなく、さまざまな感覚をつかってつくっていることがわかります。

耳では聴覚をいかす句を、鼻では匂いの句を、舌では舌ざわりや味の句を、肌では暑さ寒さや肌ざわりの句を、さらには、やわらかさや、固さ、冷たさ、熱さの感触や痛みからも、句はつくられています。

まずは、聴覚をいかす句です。

雪解川《ゆきげがわ》名山けづる響《ひびき》かな　前田普羅《まえだふら》

季語　雪解川（春）

解説　雪解けの川の山を削るような音です。

蚯蚓《みみず》鳴く六波羅蜜寺《ろくはらみつじ》しんのやみ　川端茅舎《かわばたぼうしゃ》

季語　蚯蚓鳴く（秋）

解説　秋の夜、ジーッと切れ目なく続く音を、昔の人は「蚯蚓が鳴く」といいました。かすかな音に耳を澄ます作者の姿が見えるようです。

雪しまく音に寝入りて雪に覚め　富樫風花《とがしふうか》

季語　雪（冬）

解説　吹雪の夜、その音を聞いて寝て、その音に目覚めたのです。

鼻をいかした句

行き過ぎて門松の松にほひけり　元気

季語 門松（新年）

通り過ぎたとたんに、門松の松が匂ったのです。立てたばかりの松に正月を迎える喜びが湧きます。

柏餅《かしわもち》先《ま》づは柏の葉のにほひ　薗部《そのべ》庚申《こうしん》

季語 柏餅（夏）

なまぐさき隅田《すみだ》の風や祭笛　石坂《いしざか》ひさご

季語 祭笛（夏）

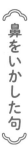

俳句は誰でも思うことを、ずばりということが大切です。

いちじくの青のにほひや通り雨　山口珊瑚《やまぐちさんご》

季語　いちじく（夏）

野に遊びおむすび磯の香りかな　鈴木瑠花《すずきるか》

季語　野遊び（春）

舌をいかした句

鍋焼の鳴門《なると》に舌を灼《や》きにけり　ひろおかいつか

季語　鍋焼（冬）

鍋焼の鳴門をひと口ぱくり。アッチチ。見事に舌をいかした句です。

手土産の蜜柑《みかん》のどれもすっぱかり　安藤《あんどう》ちさと

季語 蜜柑（冬）

解説 せっかくのお土産なのにすっぱい蜜柑ばかりでがっかりした、という句です。

噛みしめるパンの塩味巴里祭《ぱりいさい》　中小雪《なかこゆき》

季語 巴里祭（夏）

鬼灯《ほおずき》に激しく舌をつかひけり　川口未来《かわぐちみらい》

季語 鬼灯（秋）

解説 このごろの子どもは、もうこんな遊びはしませんが、鬼灯を舌の上で転がして、それを押して音を出すのです。

感触をいかした句

鳳凰《ほうおう》の藍地《あいじ》の夜具《やぐ》の余寒かな　伊野《いの》ゆみこ

季語　余寒（春）

桜散る石に掛ければあたたかし　湯浅洋子《ゆあさようこ》

季語　桜（春）

一つめの句は、厚くて重く古い夜具に、春の寒さを全身で感じているのです。二つめは、お花見をして、疲れたので石に腰をかけると、ほんのりとお日さまを浴びて石がぬくもっていた、という句です。

歯ごたへは明石《あかし》なまこや新年会　村杉踏青《すぎむらとうせい》

季語 なまこ（冬）、新年会（新年）

胃カメラが喉元すうと四日《よっか》かな

長谷川《はせがわ》ちとせ

季語 四日（新年）

足湯《あしゆ》して爪《つめ》やはらかや春の雪

斉藤夕日《さいとうゆうひ》

季語 春の雪（春）

「歯」も「胃」も「足」も「爪」も、みないかして、感じて、つくっています。

色彩を際立たせた句

色が印象的に感じる俳句もあります。

赤い椿白い椿と落ちにけり　河東碧梧桐《かわひがしへきごとう》

季語　椿（春）

赤い椿の花が落ち、そしてまた白い椿の花が落ちました、というそれだけの句です。絵のような色彩の美しさが際立つ句です。

春蘭《しゅんらん》や雨をふくみてうすみどり　杉田久女《すぎたひさじょ》

季語　春蘭（春）

ジャズマンの黒ジャケットや灯涼《ひいすず》し　小野内雅子《おのうちまさこ》

季語　灯涼し（夏）

私たちは色によって自分の気持ちやイメージなどを表そうとしています。それはたとえば、赤は「燃える情熱」。白は「純粋無垢《むく》」。青は「青春」。桃色は「恋、乙女」。

緑は「平和、茂り、盛りの感じ」、枯葉色は「人生の凋落《ちょうらく》」。黒は「死」などです。

けれど、こういうありきたりな思い入れやイメージどおりに色をつかうと、月並みな句になってしまいます。いままでいわれなかったような、新しいイメージを加えていく必要があるでしょう。

朝顔の浅紫の傷《いた》みかな　草野《くさの》ぐり

季語　朝顔（秋）

青芝に真赤なテント百の椅子　井ヶ田《いげた》杞夏《こなつ》

季語　青芝（夏）

白梅《はくばい》の林の中や紅《こう》二本　塚本《つかもと》じゅん菜《な》

季語　白梅・紅梅（春）

句をいかす3

注意が必要な句材の俳句

✦甘い印象になりがちな親子や夫婦愛の句
✦表層的になりがちな時事を詠む句

親子や夫婦愛の句

俳句に親子や夫婦などの情愛を詠むこともあります。この気持ちには誰もが共感しますが、月並みな情に流れがちなところに注意が必要です。

運動会我子駆ければドキドキと
小さき手で桜貝くれ孫娘
悲しめば夢に亡き夫落葉かな

どの句も、ちょっと甘すぎるようです。親子や夫婦の情におぼれずに、現実の「親子」、現実の「夫婦」のありようをきびしく写生してください。

いとしさのなかにわずらわしさ、切なさ、人間の哀しさなど、**その存在の本質をとらえなければ、底の浅い句になってしまいます。**

水打つや妻は決してあやまらず

夫亡くて一人に多き冷奴

時事俳句

新聞やテレビの報道からつくった時事俳句は、表面的・一過性になりやすいので注意が必要です。

秋の月テロにおびえて旅やめる

アメリカのビル崩壊や秋の風

新聞やテレビは、事実でありながら、すでにひとつの表現です。それを見てつくるということは、他人の表現をそのままねるわけで、現実感が薄くなります。作者が、その光景を目のあたりにしていたり、直接参加したりしているのがわかれば、臨場感のある句になります。

大地震《おおない》やカンテラ走る春の闇《やみ》　桃子

季語 春の闇（春）

傾いて仮設住宅寒明《かんあ》くる　ロバート池田《いけだ》

季語 寒明くる（春）

忌日《きじつ》の句

忌日にその故人をしのんでつくる句を「忌日の句」といいます。歳時記で「忌日」の項を開いてみると、著名な人の忌日が出ています。忌日は季語ですが、その人にちなんだ季語を別に詠み込んでもよいとされます。

句意を補う前書きについて

「前書き」は、句の前に置いて、句意（句の意味）を補うものです。これは「前書きつき俳句の名人」といわれる久保田万太郎《くぼたまんたろう》の句です。

市川男女蔵《おめぞう》改め三代目市川左団次
初鰹襲名《はつがつおしゅうめい》いさぎよかりけり
久保田万太郎

季語 **初鰹**（夏）

前書きをつけると、つい前書きに頼りすぎて、軽い句になりがちです。できるだけ、前書きはつけぬよう努力しましょう。

第4章

添削で句作をレベルアップしましょう

句作をよりよくするための、添削実例を紹介しています。句作の際には、どんなところに気をつけたらよいか、実例で学びましょう。

※本章で使用している添削記号の見方は18ページを参照してください。

句作の仕上げ

1

有季定型にする

✦定型のリズムをくずさないことは基本

✦季節をたたえる俳句に季語は必須

五・七・五にあてはめる
（P58）

俳句の基本は、ことばを五・七・五の定型にあてはめること。五・七・五のリズムを大切にしましょう。

原句
ぽかぽかと背中あたためる冬の日ざし

添削例
ぽかぽかと背をあたためる冬日ざし

私なら
ぽかぽかと背中いっぱい冬日ざし

季語 冬日ざし（冬）

解説 「背中あたためる」は、よくわかりますが、八音で長すぎます。「背をあたためる」で七音。決まりました。ただし、私なら、「ぽかぽか」といえば、あたたまったことはわかるのですから、「背中いっぱい」くらいにしてみました。

原句
新茶もんで指もやわらかき乙女らよ

添削例
新茶もみ指やわらかに乙女らよ

私なら
乙女らの指やわらかにもむ新茶

季語 新茶・茶もみ（夏）

解説 茶場で新茶をつくっている景でしょう。緑の匂い立つ茶と乙女たちの指のやわらかさ、白さまで目に浮かびます。定型にはまると気持ちがよいです。

季語を入れる

（P62）

俳句には必ず季語を入れて、その句の季節がわかるようにしなければなりません。

原句 早朝のパンにバターのすつと溶け（早朝の → 春の）

添削例 春の朝パンにバターのすつと溶け

季語 春の朝

解説 「早朝」は季語ではありません。いかにも「バターのすつと溶け」るようなあたたかみを感じる季語を入れましょう。ここでは、「春の朝」としてみました。

原句 空青く高き梢《こずえ》が天を突く（空青く → 冬空や）

添削例 冬空や高き梢が天を突く

季語 冬空（冬）

解説 「空青く」は季語ではありません。梢が天を突くように見えるのは冬の景ですから、「冬空」としてみました。

原句 麦の秋ヴァン・ゴッホの絵の中に（の → や、ヴァン・ → 削除、描きし、の中に → ような）

添削例 麦秋やゴッホの描きし絵のような

季語 麦の秋・麦秋（夏）

解説 描かれた絵や、一年中ある置物などは、季語とはなりません。添削例では、現実の夏の麦畑がゴッホの絵のようだ、という句になります。

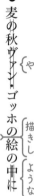

句作の仕上げ 2

季語を正しくつかう

✦ひとつの句に、季語はひとつだけつかう
✦その季節ならではの俳句を詠む

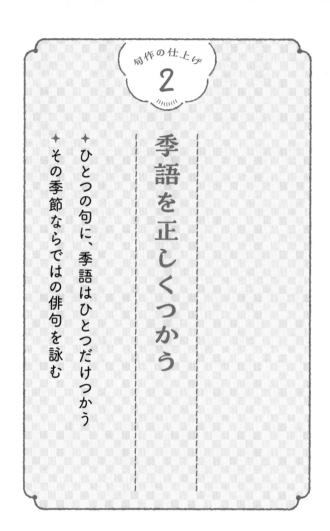

季重ねは避ける

（P62）

俳句は、一句一季語とされています。一句のなかに二つの季語が入らないようにします。

原句　鳥帰る旅の支度の春帽子（→かな）

添削例　鳥帰る旅の支度の帽子かな

私なら　鳥帰り帽子入れるも旅支度

季語　鳥帰る・春帽子（春）

解説　渡り鳥が北へ帰るころに旅支度をし、鞄の中に春らしい軽い華やかな帽子を入れた、と作者はいいたいのでしょうか。「鳥帰る」と「春帽子」はどちらも春季です。春がなくても鳥が帰るころの帽子なら、春帽子ということになります。

原句　月の夜を蒲団をしいて早や寝たり（月の→十五、をしいて→は）

添削例　十五夜を蒲団しいては早や寝たり

私なら　更待《ふけまち》の蒲団しいては早や寝たり

季語　月の夜・十五夜・更待（秋）、蒲団（冬）

解説　原句の「月の夜」は秋季、「蒲団」は冬季です。どちらが「この句の季」になるのか迷います。そんなときは、一年にいっぺん、その季しかない季語が、その句の決め手と考えましょう。「十五夜」なら、一年に一度しかありません。

季移りは避ける

季移りとは、季語を春夏秋冬のいずれに置き換えても、いつの季節でも成り立つ句をいいます。

原句
冬深き波の音きく旅の夜

みぞれ降る／時雨くる

添削例
みぞれ降る波の音きく旅の夜
時雨《しぐれ》くる波の音きく旅の夜

私なら
熱燗《あつかん》や波の音きく旅の宿

季語 冬深し・みぞれ・時雨・熱燗（冬）

解説 冬の深まったころ、海辺の宿に泊まり、眠れないままに波音を聞いていた、という句です。季移りを避けるには、その季節にしかあり得ない具体的な季語をつかうようにします。

原句
春灯《はるともし》雨に光りて石畳

おぼろ夜の／雛の夜の

添削例
おぼろ夜の雨に光りて石畳
雛《ひな》の夜の雨に光りて石畳

私なら
夜桜の雨に光りて石畳

季語 春灯・おぼろ夜・雛・夜桜（春）

解説 「夏灯」「梅雨灯」「秋灯」「冬赤い」「初灯」「寒灯」など、どんな明かりの場合でも、この句は成り立ちます。雨に濡れた石畳を灯が照らせば、光るものだからです。夜の雨に光る「石畳」を見た。その瞬間の気分を、「春夏秋冬」の文字を入れない季語で表さねばなりません。

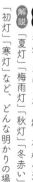

句作の仕上げ

3

切字をいかす

✦切字は、読み手の想像力を喚起するもの

✦切字の選びかたで俳句に表情をつける

「や」をいかす（P77）

（P77）

切字の「や」をうまく効かせると、そこでも句が大きく切れて、余韻や余情が生まれます。

原句　雨の日を一日栗をむいている　{や

添削例　雨の日や一日栗をむいている

私なら　雨の降る一日や栗をむいている

季語　栗（秋）

解説　「雨の日を……」というのは、説明的です。「や」で切って、作者の強調したいところを示します。「雨の日や」とすれば、「ああ、雨の日だなあ！」となります。私なら、一句のなかに「日」を重ねず、「雨の降る一日」とまとめて、「や」で切るのもよいと思います。

原句　道標《みちしるべ》立ち枯野《かれの》は風すこし　{や

添削例　道標立ちし枯野や風すこし

私なら　道標立つや枯野の風すこし

季語　枯野（冬）

解説　こちらは中七を「や」で切りました。こうすると、「枯野だなあ！」となります。ほかにも、「道標が立っているなあ！」と、「立つや」で切ってみてもよいです。

原句 白壁は今日も空蝉《うつせみ》しがみつき

添削例 白壁や今日も空蝉しがみつき

私なら 空蝉や白壁にまだしがみつき

原句 菜畑の中に一畝《ひとうね》葱坊主《ねぎぼうず》

添削例 菜畑や中に一畝葱坊主

私なら 菜畑の中一畝や葱坊主

原句 一面がまたまつ白の春の雪

添削例 一面のまたまつ白や春の雪

私なら 一面やまたまつ白に春の雪

季語 空蝉（夏）

解説 「や」が入ると、「おや、白壁だ」とまず、驚きが出ます。そこに、よく見ると空蝉がしがみついているのが見えたのです。このように、切れることでメリハリがつき、余情が生まれます。

季語 葱坊主（春）

解説 上五の下に「や」を入れました。「菜畑だなあ」と全体が見えます。それから、「その中の一畝は葱坊主だ」と展開します。私なら、「菜畑の一畝だなあ」と、まずここを強調しておいてから、「それは葱坊主だ」と続けます。

季語 春の雪（春）

解説 原句は見たままの景色がわかりますが、「一面」か「白」かに感動のありかを絞りましょう。

「かな」をいかす

（P78）

切字の「かな」には、作者のいいたいことを強調するはたらきがあり、詠嘆、感動を表します。

原句　夕焼に点滴ぽろと落ちている　→るかな

添削例　夕焼に点滴ぽろと落ちるかな

季語　夕焼（夏）

解説　「かな」に変えることで、ただ「落ちている」という事実だけではなく、「ああ、落ちているなあ」という余情が表れます。

原句　月の宴《えん》ととのひ月の昇り初《そ》め　→るかな

添削例　月の宴とゝのひ月の昇るかな

季語　月（秋）

解説　「いよいよ昇ってきたぞ！」という感動が表れます。

原句　春光にうさぎの二円切手買う　→かな

添削例　春光にうさぎの二円切手かな

季語　春光（春）

解説　作者は買ったことをそのままつくったのでしょうが、一句としては「二円切手」を強調したほうがおもしろくなります。

「けり」をいかす

（P79）

切字の「けり」には、強く切るとともに、断言するはたらきがあります。

原句　夏の風いわれある井戸覗《のぞ》き込む
添削例　夏の風いわれある井戸覗きけり

季語　夏の風（夏）
解説　ただ、「覗き込みました」とするよりも、「覗きけり」としたほうが、決定的な響きが生まれます。「ジャーン！」という驚きのある感じだと思ってください。

原句　お彼岸の大《おお》きぼたもち届けくる
添削例　お彼岸の大きぼたもち届きけり

季語　彼岸（春）
解説　「届けにきた」より「これはこれは、ぼたもちが届きました！」とおおげさにしたほうがユーモラスです。

原句　冬晴れて半年がかり病ひ癒え
添削例　冬晴の半年かかり癒えにけり

季語　冬晴（冬）
解説　「半年がかり」で「癒える」といえば、「病ひ」はいわずにわかります。きっぱり「けり」をつけて、全快した感じを出しましょう。

句作の仕上げ
4

上五・下五を意識する

✦上五・下五では、使用する切字に注意する

✦句が落ち着かないときは上下を逆にする方法も

上五の「かな」は避ける

上五に「かな」をつかうのは、初心者のうちは避けたほうが無難です。

原句
投げるかな冬の川面《かわも》に石一つ

添削例
石一つ冬の川面に投げるかな

季語 冬の川（冬）
解説 上五と下五を入れ替えて、「かな」が最後にくるとぴったり決まります。

原句
土筆《つくし》かな土手の道にて摘《つ》んでいる

添削例
土手の道にて摘んでいる土筆かな

季語 土筆（春）
解説 上五を最後に移動し、「かな」のつく「土筆」を強調します。

原句
飛べるかなたんぽぽ綿毛どこまでも

添削例
どこまでもたんぽぽ綿毛飛べるかな

季語 たんぽぽ（春）
解説 「かな」が最後にくると、なめらかなリズムが生まれます。

下五の「や」止めは避ける

切字の「や」を下五の最後にもってくるとおおげさになるので、初心者のうちは避けましょう。

原句 枝々につかまり下《くだ》る夏山や（→の）

添削例 枝々につかまり下る夏の山

季語 夏山（夏）

解説 ふつうに「夏の山」と止めたほうが、落ち着いた句になります。

原句 荒々《あらあら》と月に吹かれて穂《ほ》芒《すすき》や（→芒の穂）

添削例 荒々と月に吹かれて芒の穂

私なら 荒々や月に吹かれて芒の穂

季語 芒の穂（秋）

解説 「芒の穂」と、なだらかに止めます。一句のなかに「や」切れをいかしたいときは、上五を「荒々や」としてもよいです。

原句 立ちをるは大輪なりし白菊や（→菊白し）

添削例 立ちをるは大輪なりし菊白し

季語 白菊（秋）

解説 「や」が下にくると、なにかいばったような調子になります。なにげない表現のほうが深い趣が出ます。

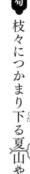

上五・下五の名詞形は避ける

上五と下五がともに名詞になっていると、句が固い印象になるので避けましょう。

原句 石仏《いしぼとけ》ましますところ栗の花（→の）

添削例 石仏《せきぶつ》のましますところ栗の花

季語 栗の花（夏）

解説 上五と下五がともに名詞ですが、これは、句が決まりすぎて固くなるので避けます。「石仏」の読みかたを変えて、上五を「石仏の」として、「の」で軽く切り、中七に続けましょう。

原句 しやぼん玉ふんはり飛んで園《えん》の庭《にわ》（→に）

添削例 園庭《えんてい》にふんはり飛んでしやぼん玉

季語 しゃぼん玉（春）

解説 「園の庭」は「園庭」というひとつのことばにちぢめられます。「園庭に」とすれば、すんなりと下につながります。

原句 風邪の熱背中にあてて聴診器

添削例 風邪熱の背中にあてて聴診器

季語 風邪（冬）

解説 この句のように、上下とも漢字三文字が入った名詞になるとさらに固まった感は強くなります。「風邪熱の……」と上五を流すようにすれば、なだらかになります。

上五と下五を入れ替えてみる

句の意味がよく伝わらないときなどは、順序を入れ替えてみると、内容がはっきりすることがあります。

原句 恋の猫泥んこ顔の井戸端よ

添削例 井戸端に泥んこ顔よ恋の猫

季語 恋の猫（春）

解説 原句は、恋猫（発情期の猫）がいるところに、泥んこ顔の子どもがいて、そこは井戸端であるよ、というようにも読めてしまいます。そこで、上五と下五を逆にしてみると、「井戸端に、また泥んこ顔で、恋猫が来てるよ！」という内容が、はっきりしてきます。

原句 鳥威《とりおどし》素《す》つとびぬける雀かな

添削例 雀らの素つとびぬける鳥威

季語 鳥威（秋）

解説 原句はこのまま読むと、「鳥威」が雀のなかを「素っとびぬけ」たように読めてしまいます。このようなときは、上下を入れ替えると、正しい意味が伝わります。

原句 秋の蠅《はえ》ふつとんでくる鯵《あじ》干して

添削例 干鯵《ほしあじ》にふつとんでくる秋の蠅

季語 秋の蠅（秋）

解説 上下を入れ替えることで、干鯵に向かって秋の蝿が飛んでくるようすが、素直に伝わります。

句作の仕上げ
5

字余り・字足らずは避ける

✦字余り、字足らずはできるだけ調整する

✦何度も声に出し、読んでみて工夫する

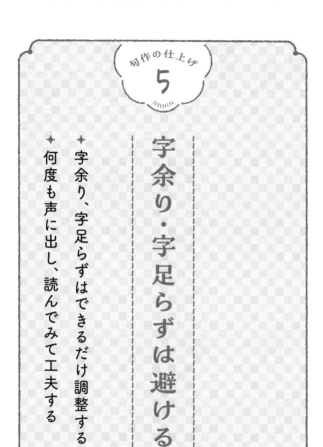

字余りを直す（P87）

はじめは、句がうまく五・七・五にはまらずに悩むものですが、ぴたりとはめる努力をしましょう。

原句 敬老日いたわられすぎてさびしきかな（かり）

添削例 敬老日いたわられすぎさびしかり

私なら 敬老の日をいたわられすぎしかな

季語 敬老の日（秋）

解説 原句は「五・八・六」の型で、字余りですね。「さびしきかな」を「さびしかり」としてみます。少し省くだけで、ちゃんと五・七・五になりました。やってみると、五・七・五にするなんて簡単な気がしますが、初心のころは、なかなか苦労するものです。

原句 窓開けて大樹の風の新涼《しんりょう》かな（涼新た）

添削例 窓開けて大樹の風の涼新《りょうあら》た

私なら 窓開けて大樹の風や涼新た

季語 新涼・涼新た（秋）

解説 下五が字余りになっています。「涼新た」という季語を知っていれば、すぐに五音に直すことができます。歳時記を読んで、季語をたくさん知ることも、字余り、字足らずを避けるうえで大切です。

字足らずを直す（P89）

字足らずは、よほどの場合でなければ、必ず避けて、五・七・五にあてはめましょう。

原句 赤とんぼ信号機渡りけり（赤）（を）

添削例 赤とんぼ赤信号を渡りけり

季語 赤とんぼ（秋）

解説 中七が「信号機」では五音しかありません。作者は「しんごうき」とでも数えたのでしょうか。悩むときはいい替えをいろいろ考えてみると、すんなり五・七・五になることがよくあります。

原句 藁《わら》葺《ぶき》屋根軒暗し木《こ》の芽《め》吹く（や）（き）

添削例 軒暗き藁葺屋根や木の芽吹く

私なら 藁葺の軒の暗しや木の芽吹く

季語 木の芽（春）

解説 上五の「藁葺屋根」は六音で字余り、中七の「軒暗し」は五音で字足らずです。上五、中七を入れ替えて、「や」で切ります。五・七・五になりました。屋根を省いて「藁葺」だけでもすっきりします。

句作の仕上げ

6

ことばは正しくつかう

✦意味の取り違いがないよう正確な助詞をつかう

✦当て字をつかわず、正しいことばを選ぶ

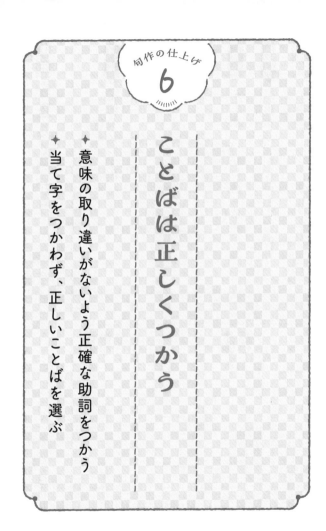

助詞を正しくつかう

助詞によって句の意味がまったく違ってしまうため、正しくつかっているかを注意します。

原句 踏切の{に 交わす挨拶《あいさつ》春の雲

添削例 踏切に交わす挨拶春の雲

私なら 踏切にあいさつ交わし春の雲

季語 春の雲（春）

解説 原句では「踏切が誰かと挨拶している」ということになってしまいます。「踏切で」なら、「踏切のところで、出会った人が挨拶をしている」という句になります。しかし、「で」や「が」は説明的で、音が濁るので、私なら「に」として語順も入れ替えます。

原句 糸瓜《へちま》水《すい》しづかに落ちる{て 窓の外

添削例 糸瓜水しづかに落ちて窓の外

私なら 糸瓜水落ちつづけたり窓の外

季語 糸瓜水（秋）

解説 「しづかに落ちる」だと「窓」が落ちるようにも読めます。「落ちて」にすると、ここで軽く切れるので誤解はなくなりますが、「たり」と切れば、いっそうはっきりします。

漢字を正しくつかう

俳句は文芸ですから、CMや歌謡曲が広めたりした当て字をつかわないように気をつけます。

原句 春の陽（日）を背中にためて畑《はた》仕事

添削例 春の日を背中にためて畑仕事

季語 春の日（春）

解説 「陽」は伝統的な俳句では「ひ」とはつかいません。正しく「春の日」と書きます。「太陽の光」も、「一日のこと」も、どちらも「日」と書くのが、日本の古典文芸のつかいかたです。ただし、「陽光《ようこう》」「春陽《しゅんよう》」は別です。

原句 秋桜（コスモス）のゆれあっている散歩道

添削例 コスモスのゆれあっている散歩道

私なら 秋桜《あきざくら》ゆれあう道を歩くなり

季語 秋桜・コスモス（秋）

解説 「秋桜」を「コスモス」と読ませたいのでしょうが、「あきざくら」と読むのが正しいのです。

原句 青嵐《あおあらし》谷間を埋めし木々の彩《いろ》（色）

添削例 青嵐谷間を埋めし木々の色

私なら 青嵐《せいらん》や谷間を埋めし木々の色

季語 青嵐（夏）

解説 「彩」を「いろ」と読ませるのは飾りすぎです。「色」とふつうに書きましょう。また、上下の名詞止めを避けます。

句作の仕上げ 7

ことばは適切に選ぶ

✦難しいことばは避け、日常のことばを選ぶ

✦いわなくてもわかることばは、つかわない

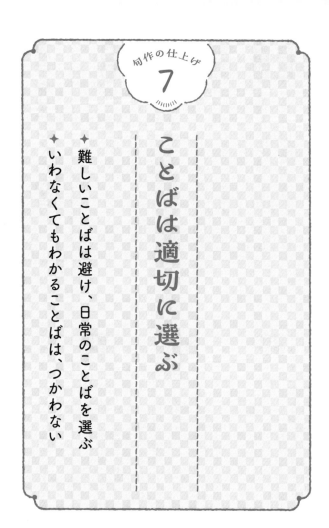

気取った表現はなくす

（P114）

俳句は、日常つかうことばで詠みます。飾りすぎる表現は、鼻についてしまいますから、注意しましょう。

原句 時代《とき》はすぎたつた二本の曼珠沙華《まんじゅしゃげ》

添削例 時《とき》はすぎたつた二本の曼珠沙華

私なら 曼珠沙華たつた二本や時はすぎ

季語 曼珠沙華（秋）

解説 ルビを取り、「時代《とき》」を「時」にします。「時はすぎ」だけで、「歴史」や「時の流れ」や「時代の移り変わり」のいろいろを十分に想像させる句になります。

原句 かなへびのよぎる夏草~~さゆらぎぬ~~（ゆらぎけり）

添削例 かなへびのよぎる夏草ゆらぎけり

私なら かなへびのよぎる夏草ゆれにけり

季語 夏草（夏）

解説 夏草の下を、かなへびが通って草が揺れたのです。「さゆらぐ」という気取った表現をつかわず、ただ単純に「ゆらぎけり」としただけのほうが、ずっと鮮明にその場の景が伝わってきます。「ゆれにけり」のほうがもっといいでしょう。

月並みないい回しは避ける（P107）

決まり文句をつかうと、句が月並みになってしまうので気をつけます。

原句 花野来て今宵《こよい》かぎりの花に逢ふ（であり）

添削例 花野来て今宵かぎりの花であり

私なら 花野来て今宵の花でありにけり

原句 別れぎは（けり）ふりむきもせず春嵐《はるあらし》

添削例 春嵐ふりむきもせず別れけり

私なら 春嵐ふりむきもせず行きにけり

原句 噴水やふたり結ばれ（紙吹雪浴び）歩みきし

添削例 噴水や紙《かみ》吹雪《ふぶき》浴び歩みきし

私なら 噴水へ結婚式のふたりきし

季語 花野（秋）

解説 原句は、「花野」「今宵かぎり」「花」「逢ふ」と歌謡曲につかわれるようなことばが並んでいます。これではありきたりの浅い句になってしまいます。「逢ふ」と「今宵かぎり」を略せば、かなり甘さはなくなりました。

季語 春嵐（春）

解説 甘い表現のせいで月並みになっていますが、「けり」ときっぱりした断定の感じを出すと、甘さが少なくなります。

季語 噴水（夏）

解説 結婚式の句で、紙吹雪が舞っているような感じがします。それにしても、「ふたり結ばれ」は月並みです。結ばれた二人がどうなのか、どんなふうに、噴水のところまで歩いてきたのか、これを描写するべきです。

説明しすぎない

（P119）

俳句では、いわなくてもわかることをわざわざ説明する必要はありません。

原句 塀の背を上へ這《は》ひ上ぐ蔦葛《つたかずら》（上ぐ→がりたる）

添削例 塀上へ這ひ上がりたる蔦葛

私なら 蔦葛塀から門へ這ひにけり

季語 蔦葛（秋）

解説 「塀の背」といわなくても「塀」でわかります。「上へ這い上ぐ」といわなくても「這い上ぐ」でわかります。「塀を這い上がる」だけで、わかるではありませんか。説明しすぎです。できるだけ説明を省き、切字を入れるようにするとすっきりします。

原句 こぼれ落つどんぐり大小背くらべ（→けり）

添削例 こぼれ落つどんぐり大小くらべけり

私なら こぼれたるどんぐり大小ありにけり

季語 どんぐり（秋）

解説 「どんぐりの背くらべ」は既成のことばですから、避けます。

原句 雨上がり柿にさつきの雨の粒（雨上がり→裏庭の）

添削例 裏庭の柿にさつきの雨の粒

私なら 色づきし柿にさつきの雨の粒

季語 柿（秋）

解説 「さつきの」で、「雨上がり」はいわずにわかります。「雨上がり」「雨の粒」も、説明のしすぎです。「柿にさつきの雨の粒」だけでわかります。この句は、上五はがんばって考えましょう。さて、たとえば「裏庭の」としてみました。

難しいことばはつかわない

（P114）

熟語など、難しいことばをつかうと、句がわかりにくくなります。すぐにわかることばをつかいましょう。

原句 団子汁《だんごじる》常備の芋茎《ずいき》入れもして

（常備 → いつも）

添削例 団子汁いつもの芋茎入れもして

私なら だんご汁いつもの芋茎入れもして

季語 芋茎（秋）

解説 「常備の」を、簡単に「いつもの」としたところよくなりました。「団子汁」も「だんご汁」とひらがなにしたほうが、やわらかみが出ます。

原句 寡黙なる親方と弟子松手入《まつていれ》

（寡黙なる → 黙りがち）

添削例 松手入親方と弟子黙りがち

私なら 松手入親方と弟子だまりがち

季語 松手入（秋）

解説 「寡黙なる」を「黙りがち」とやさしい表現にし、上五と下五を入れ替えました。松の手入れに集中しているようすが浮かんできます。

句作の仕上げ
8

具体的に描写する

✦季節や伝えたいことを具体的にする

✦状況や状態をていねいに、簡単に描写する

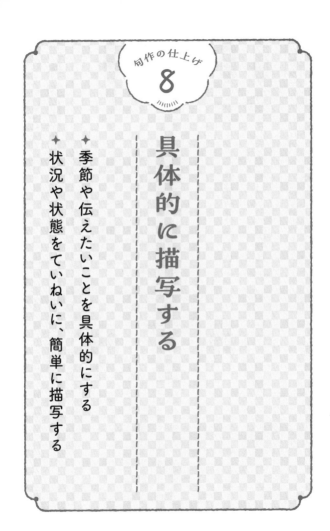

いいたいことは具体的にする

句のイメージを正確に読み手に伝えるために、具体的に描写しましょう。

原句　稲雀《いなすずめ》ぱつと翔《た》ちたる日和《ひより》かな（日和→田んぼ）

添削例　稲雀ぱつと翔ちたる田んぼかな

私なら　稲雀ぱつと翔ちたる田中かな

季語　稲雀（秋）

解説　稲をついばみに来ている雀が、いっせいに飛び立った。そんないいお天気だな、という句です。悪い句ではありませんが、平凡な感じがします。下五を具体的にすると、景がぐっと確かなものになってきます。

原句　装束《しょうぞく》のままに社務所に西瓜《すいか》食ふ（装束の前に「巫女さんの」、「ままに社務所に」を削除）

添削例　巫女《みこ》さんの装束のまま西瓜食ふ

私なら　神主の衣のままに西瓜食ふ

季語　西瓜（秋）

解説　原句は、社務所で装束を着たまま西瓜を食べている、という句です。「社務所」で「装束」といえば、神主か巫女でしょう。ここは具体的に「神主」や「巫女さん」としたらよいのです。「衣」や「袴《はかま》」とすれば、もっと具体的です。

季語を具体的にする

句の内容を読み手にはっきりと伝えるために、季語はなるべく具体的なものにします。

わらび飯

原句　山青しお代はり三杯いたしけり

添削例　わらび飯お代はり三杯いたしけり

私なら　筍汁《たけのこじる》お代はり三杯いたしけり

三社祭

原句　夏めくや赤き袴のはんなりと

添削例　三社祭《さんじゃまつり》赤き袴のはんなりと

梅雨

原句　しまひ湯の窓開け放ち夏の星

添削例　しまひ湯の窓開け放ち梅雨の星

私なら　しまひ湯の窓開け放ち星涼し

季語　**わらび飯**（春）、**山青し・筍汁**（夏）

解説　原句では、なにをお代わりしたのかが不明です。「山青し」ですから、新緑の五、六月ごろの食べものだろうことはわかります。たとえば、「わらび」とか「筍」と具体的にすれば、筍の歯ごたえ、色、香り、味はもちろん、筍が採れるころの青々した山の景色まで伝えられます。

季語　**夏めく・三社祭**（夏）

解説　たとえば「三社祭」としてみると、この赤い袴が巫女のものであることがわかります。

季語　**夏の星・梅雨の星・涼し**（夏）

解説　「夏の」と春夏秋冬でいわずに、季節を感じさせる具体的な季語をつかおう、ということです。

状況や状態をていねいに描写する

句のイメージを伝えるポイントとして、状況や状態を具体的に描写することに気を配りましょう。

原句 焼き茄子《なす》の味わいの良き夕餉《ゆうげ》かな
（ほんのり焼けて）

添削例 焼き茄子のほんのり焼けて夕餉かな

私なら 焼き茄子に辛子きかせて夕餉かな

季語 焼茄子（夏）

解説 「焼き茄子」がどのように味わいがよいのか描写してください。たとえば、「焼き茄子のふんわりおかか夕餉かな」「焼き茄子のつるりとむけて夕餉かな」などとすると、味わいのよさ、おいしさがストレートに出てくるでしょう。

原句 麦秋のどこかで焼いている煙
（藁を／魚）（く）

添削例 麦秋のどこかで藁《わら》を焼く煙
麦秋のどこかで魚焼く煙

私なら 麦秋のどこかで芥《あくた》焼く煙

季語 麦秋（夏）

解説 「藁を焼く」か「魚焼く」か「芥焼く」なのか、なにを焼いた煙か具体的に描写してください。

原句 お花見の弁当あれもこれも美味
（玉子明るかり／の鯛反り返る）

添削例 お花見の弁当玉子明るかり
お花見の弁当の鯛《たい》反り返る

私なら お花見の弁当田麩《でんぶ》ももいろに

季語 花見（春）

解説 お弁当の中身を具体的に描写すると、おいしそうなようすが伝わってきます。

原句 立春《りっしゅん》や人気の店に列長し
（パン）

添削例 立春や人気のパンに列長し

私なら 立春や人気のパイに列長し

季語 立春（春）

解説 人気の店とはなんの店か？　ここが大事なところです。菓子にしたっていろいろな種類があるのです。

原句 木枯《こがらし》や焼芋の味しみわたり
（われればほくほくと／ほろと舌の上）

添削例 木枯や焼芋われればほくほくと
木枯や焼芋ほろと舌の上

私なら 木枯や焼芋食うてはふはふと

季語 木枯・焼芋（冬）

解説 「味」と片づけず、「ほくほく」「ほろほろ」など、舌ざわりをいうとおいしそうです。

句作の仕上げ 9

不要なことばはつかわない

✦縁語やありふれた擬音は省くのが基本

✦すっきりとわかりやすいことばを選ぶのが大切

わかりきったことばは省く（P123）

基本的には「見る」「聞く」「思う」などは省きます。山、川といえば「見え」、鳥の声といえば「聞こえ」ています。

原句　夏の日のきらめき強き波頭《はとう》見る（いている／かな）

添削例　夏の日のきらめいている波頭かな

私なら　真夏日をきらめきみつる波頭かな

季語　夏の日（夏）
解説　「夏の日」といえば、「強い」ものです。わかりきったことは省きます。また「見る」も「いる」もいわずにわかります。

原句　歩くこととうれしと思う梅雨の病室（や／に）

添削例　歩くこととうれしや梅雨の病室に

季語　梅雨（夏）
解説　「思う」は蛇足です。「うれしと思う」を「うれしや」としたことで、うれしさが強調されました。

原句 花の道右に左に雀ゐる｛かな

添削例 花の道右に左に雀かな

私なら 花満ちて右に左に雀かな

季語 花（春）

解説 「いる」「ゐる」「ある」「する」なども、ないほうがすっきりする場合が多いことばです。

原句 花の寺つき当たつたら左折する｛して

添削例 花の寺つき当たつたら左折して

私なら つき当たり左折したれば花の寺

季語 花の寺（春）

解説 「する」では、わかりきってしまうので、「して」と軽く止めます。

原句 ねむの花｛わらべ 歌の上手な母であり｛や

添削例 わらべ歌上手な母やねむの花

私なら シャンソンの上手な母やねむの花
浪曲の上手な母やねむの花

季語 ねむの花（夏）

解説 「であり」もまた省けることが多いです。「であり」を省き、「わらべ歌」を入れました。どんな歌がじょうずなのかわかります。歌によって、母の性格まで描写されます。

省略して効果を高める

（P119）

俳句では、省略が大切です。
省略によりかえって、句に奥行きが出ます。

原句　フロントのガラスに（斜め）夏の雨降れり

添削例　フロントのガラスに斜め夏の雨

私なら　夏の雨斜めにフロントガラスかな

季語　**夏の雨**（夏）

解説　「雨」といえば、ふつうは「降る」はいりません。雪が降る、風が吹く、日が照る、道を歩く、電車に乗る、などの、降る、吹く、照る、歩く、乗るは省いても十分に意味が通じます。省いたぶん、別のことばを入れることで、伝える内容が豊かになったり、正確になったりします。

原句　大枝に小枝に（春の）雪の降り積めり

添削例　大枝に小枝に春の雪積めり

季語　**雪**（冬）、**春の雪**（春）

解説　「降り」は省き、「春の雪」や「初雪」「牡丹雪」などのように、どんな雪かをいったほうが、句の内容が豊かになります。

原句 この夏で七十歳や浴衣《ゆかた》着る　〔藍浴衣〕

添削例 この夏で七十歳や藍《あい》浴衣《ゆかた》

季語 浴衣・藍浴衣（夏）

解説 「着る」はいわなくてもわかるので、「藍浴衣」や「宿浴衣」などとすると、具体的になります。

原句 秋の暮夕焼け小焼けの歌歌う　〔ひけり〕

添削例 秋の暮夕焼け小焼け歌ひけり

季語 秋の暮（秋）

解説 「歌う」を「歌ひけり」としたことで、「歌ったことよ」という思いが強まります。

原句 ブロックの穴より出でてつつじ咲く　〔白き〕〔かな〕

添削例 ブロックの穴より白きつつじかな

季語 つつじ（春）

解説 「出て」を省いたことで、「白き」を加えることができました。このように、省いてもわかることばはたくさんあります。「にこにこ笑う」「腹がぺこぺこ」「しんしんと静か」などありふれた擬音も省きましょう。たいていの場合、省いたほうがよい句になります。

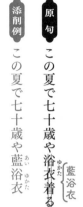

内容を詰め込みすぎない（P119）

いろいろな説明を盛り込もうとせず、すっきりといいたいことだけを残します。

原句　鳶職《とびしょく》の裸で昼や日にタオル（を眠りけり）

添削例　鳶職の裸で昼を眠りけり

私なら　鳶職の昼ははだかで眠りけり

季語　裸（夏）

解説　夏の日盛りの工事現場でしょうか。たくましい鳶職が顔にタオルをかけて、裸のまま昼の休みを取っている情景です。強い日差しの下に、裸の鳶職が寝ているというだけで、情景はくっきりと浮かびます。

句作の仕上げ

10

素直な表現にする

✦理屈を述べるよりも感じたことを素直に詠む

✦擬人化と、漢字のつかいすぎにも注意する

理屈っぽくしない

（P119）

限られた文字数で、見たこと、感じたことを伝えるためには、理屈よりも、たったいまの実際の描写が大切です。

原句 汝《なれ》の腹さぐりつ笑顔（い）放屁虫《へひりむし》

添削例 汝の腹さぐりつ笑い放屁虫

私なら 汝の腹さぐりてをれば放屁虫

季語 **放屁虫**（秋）

解説 作者は人情の機微をとらえたつもりでしょうが、俳句は、こういう複雑な内容を盛り込むのに、向いていません。いろいろ理屈をいっても、中途半端になるため、感じたことをぱっとつかんで、その断片を片言のように表します。

原句 ~~野に山に~~（Sの字）惑~~いて~~（うや）蛇《へび》の穴に入《い》る

添削例 Sの字に惑うや蛇の穴に入る

私なら まだ惑ひつつ野の蛇の穴に入る

季語 **蛇穴に入る・穴惑《あなまど》い**（秋）

解説 蛇は冬眠のため穴に入りますが、あたたかな日が続くと、なかなか穴に入らず野山や畑などにいるのを見かけます。こんな蛇が「穴惑い」です。理屈よりは、たったいま蛇がどんなようすで穴に入ったかを描写しましょう。

擬人化は避ける（P111）

ものを人間にたとえることを擬人化といいます。安易に擬人化すると、月並みになるので注意します。

原句　法師蝉《ほうしぜみ》一息つきてうるさかり（一息つきて→瞬止んで）

添削例　法師蝉一瞬止《や》んでうるさかり

私なら　法師蝉一瞬止んでまた鳴けり

季語　法師蝉（夏）

解説　蝉の声が一瞬とぎれた静けさが、かえってそのあとの声をうるさく感じさせたという句です。蝉を「一息つきて」と擬人化しています。悪いとはいえませんが、句が浅くなるので初心者のうちは避けたほうが無難です。

濁音はなるべく避ける

濁音をつかうと、句が濁ったイメージになります。あえて効かせるとき以外は、避けるようにします。

原句　花見酒笑い声がし夜がふける（がし→て、が→の、る→ぬ）

添削例　花見酒笑い声して夜のふけぬ

私なら　お花見の笑い声して夜のふけぬ

季語　花見（春）

解説　「が」だと、雑ないいかたで品のない夜桜の酒の感じになってしまいます。「夜のふけぬ」とすれば、古語でたおやかな感じになります。また、「花見」に酒はつきものなので酒は省き「お花見の」としました。

漢字はつかいすぎない

（P166）

ひとつの句のなかに漢字を多くつかうと、固いイメージになってしまいます。

原句 散り敷きし金木犀《きんもくせい》に佇《たたず》みぬ

添削例 散り敷きし金木犀にたたずみぬ

私なら ちりしきし金木犀にたたずみぬ

季語 金木犀（秋）

解説 ひらがなを多くしたほうが、はらはらと散り敷くこの花の感じが出てきます。

原句 栗飯や記憶の故郷《ふるさとのこと》浮き上がる

添削例 栗飯やふるさとのこと浮き上がる

私なら ふるさとのこと浮ききたる栗の飯

季語 栗飯（秋）

解説 「故郷」を「ふるさと」にすると、やわらかなイメージになります。

原句 富士山の裾野長長《長々と》初雪来《く》《す》

添削例 富士山の裾長々と初雪す

私なら 初雪や富士の裾野の長々と

季語 初雪（冬）

解説 漢字が多すぎて読みにくいので、ひらがなを入れます。

カタカナは外来語につかう

（P170）

擬音は、ついカタカナで書いてしまいますが、初心者のうちは、カタカナは外来語にのみつかうと思ってください。

原句 ~~バサバサ~~（ばさばさ）と背《せい》高《たか》泡《あわ》立《だち》草《そう》の道

添削例 ばさばさと背高泡立草の道

私なら ばさと立つ背高泡立草の道

季語 背高泡立草（秋）

解説 擬音の「バサバサ」をひらがなにしました。

原句 ~~ポカポカ~~（ぽかぽか）と足も手も入れ掘《ほり》炬《ご》燵《たつ》

添削例 ぽかぽかと足も手も入れ掘炬燵

私なら 足も手も入れぽかぽかや掘炬燵

季語 掘炬燵（冬）

解説 ひらがなのほうが、ほっこりとあたたかい感じが出ます。

原句 ~~バラバラ~~（ばらばら）に~~バラ~~（薔薇）のはなびら芝の上

添削例 ばらばらに薔薇《ばら》のはなびら芝の上

私なら ばらばらと薔薇のはなびら芝の上

季語 薔薇（夏）

解説 「バラ」は漢字のほうが花の感じが出ます。「バラ」がたくさん出てくるよりも、「ばらばら」「薔薇」とするほうが、読みやすく、意味もすぐに通じます。

句作の仕上げ

11

伝えたいことを明確にする

✦複数のイメージが浮かぶ句は推敲《すいこう》が必要

✦なにをいいたいのか、すっとわかる句にする

中七の役割を明確にする

中七が上五と下五の両方にかかっている場合は、どちらにかかるのか、明確にしましょう。

原句 窓格子きつちり組まれ葡萄《ぶどう》棚《だな》

（と）（む）（熟れ）

添削例 きつちりと組む窓格子葡萄熟れ

私なら 窓ごしやきつちりと組む葡萄棚

季語 **葡萄**（秋）

解説 中七の「きつちり組まれ」が「窓にはめた格子がきつちりしている」のか、「葡萄棚がきつちり組まれている」のかわかりません。まずは、「葡萄棚」を「葡萄熟れ」として上下名詞型を解消します。「や」をつかえば、どこで切れるかが、もっと明瞭になります。

原句 牡丹《ぼうたん》の姿やさしき細花瓶《ほそかびん》

（の花のやさしや／を活けてあるなり）

添削例 牡丹の花のやさしや細花瓶

牡丹を活けてあるなり細花瓶

私なら 牡丹や細《ほ》つそりとした花瓶にて

季語 **牡丹**（夏）

解説 「牡丹」は、五音におさめたときには「ぼうたん」と読ませます。「姿やさしい」のは、「牡丹」でしょうか「細い花瓶」のほうでしょうか。どちらかはっきりするように直します。

主人公をはっきりさせる

句のイメージをしっかり伝えるためには、主人公が誰なのかわかるようにすることが大切です。

原句 初秋刀魚《さんま》焼くや背筋を伸ばしたる（きつつ／を）

添削例 初秋刀魚焼きつつ背筋伸ばしをる

私なら 初秋刀魚焼かんと背筋のばしたる

季語 秋刀魚（秋）

解説 「背筋を伸ばした」のは、秋刀魚ではなく「焼いている人」だと、わかるようにします。

原句 干蒲団《ぶとん》すつかり痩せてゐたりけり（干蒲団綿の／蒲団干す妻の／に）

添削例 干蒲団綿《わた》のすつかり痩せにけり

蒲団干す妻のすつかり痩せにけり

季語 干蒲団（冬）

解説 「痩せてしまった」のは「干蒲団」か、「干す人」なのか、わかるようにします。

原句 名月をひとり占めして団子食ふ（は／や　なり）

添削例 名月はひとり占めなり団子食ふ

名月やひとり占めして団子食ふ

季語 名月（秋）

解説 「名月」をひとり占めしたのか、「団子」をひとり占めしたのか。どちらなのか、わかるようにしましょう。

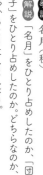

感動のありかをはっきりさせる

（P74）

俳句では、作者がなにに感動したか、感動のありかをはっきりさせたいときに切字をつかいます。

原句

石ひろふ足間を滑る水涼《みずすず》し

添削例

石ひろふや足間を滑る水涼し

石ひろふ足間や滑る水涼し

石ひろふ足間滑るや水涼し

石ひろふ足間を滑る水や涼《すず》

季語 水涼し・涼（夏）

解説 石を拾おうとしたら、足の間の水が涼しい、という句です。水の気持ちよさはわかりますが、作者が、「ひろふ」「滑る水」「水涼し」のどこにとくに感動したのか、はっきりしません。「や」で切ると、感動したところ、強調したい部分が明確になります。

解説 上五で切ると、「ああ、この石をひろってみたら！」とここに感動がきます。

解説 中七の真ん中で切ると、「石をひろっている足の間だなあ！」ということになります。

解説 中七の終わりで切れば、「水が滑ってゆくなあ！」に感動があります。

解説 これは、もちろん「ああ、この水！」という感動です。

ひとつの景を鮮明にする

まとまっているようでも、よく読むといくつものイメージが浮かんでしまう句は、推敲が必要です。

原句

落ちる日の影茫洋《ぼうよう》と春の野に

添削例

落ちる日の影春の野の木や草に
落ちる日や春の野原の茫洋と
春の野の草木の影や日の落ちる
茫洋と落ちゆく日なり春の野に
落ちる日の茫洋として春の野に

季語 春の野（春）

解説 春の野に大きな落日がかかった風景が浮かぶようですが、よく読むと、「落ちる日の影」は日の光のことか、日差しの影か、春の野の木や草の影か、わかりません。また、「茫洋と」は果てしなく広々としているさまですが、「落日が」か「影が」かそれとも「春の野が」かあいまいです。

解説 句はひとつの鮮明な像が決まるようにつくっていきましょう。あるひとつの景が描かれたうえで、読み手それぞれがイメージを広げるのはかまいませんが、ああも読める、こうも読めるというのは、カメラでいえば「画面のブレ」であり、その句がまだ決まっていない証拠です。

俳句を楽しむ!

1 たくさんの季語を覚えましょう

◇つかいやすい歳時記を選びましょう

俳句をはじめたばかりのころは、「俳句とは、自分の思いを短いことばでいって、それに季語をつけるもの」だと思っていました。五・七・五の「五・七」の部分に思いを込めたことばをあてはめると、さっそくに歳時記を開いて、その思いを表すのによい季語をさがしたものです。季語というのは、ただ季節を表すだけのことばではなく、私の思いそのものを、代弁してくれることばなのだと思っていたのです。

それから五十年近く俳句をつくり続けてきて、いま私は、思いを代弁してもらうために季語をつかうのではなく、**季語そのものをいかすために俳句をつくる**ようになりました。俳句とは、季語をいかにいかすか、という詩だと考えているのです。

そのためには、歳時記はほんとうに大切です。いつでも歳時記を身の回りに置いて、なにかといえば季語を確かめ、ひとつでも多く覚え、これをつかいこなしてこそ、よい句ができます。

さまざまな歳時記がありますが、中級になるにつれて、自分の好みに合ったものがわかってきますし、自然といろいろな種類のものを買い集めてゆく楽しみも広がります。編者によって、例句も違いますから、読みものとしても楽しいものです。

つかいやすい歳時記一覧

『山本健吉編　季寄せ』（上下）　文藝春秋
『合本俳句歳時記　新版』　ＫＡＤＯＫＡＷＡ
『増補版　いちばんわかりやすい俳句歳時記』　主婦の友社
『新版　季寄せ』　角川書店
『俳句歳時記』（全五冊）　ＫＡＤＯＫＡＷＡ
『最新俳句歳時記』（全五冊）　文藝春秋
『新歳時記』（全五冊）　河出書房新社

2 俳句の歴史をたどってみましょう

俳句は短歌の上の句が発展したもの

俳句の型は五・七・五。短歌は五・七・五・七・七です。俳句は、この短歌の上の五・七・五の部分が独立したものです。

俳句は短歌が短くなったものなのだから、どちらもたいした違いがないと思うかもしれませんが、この二つはまったく異なる表現方法です。

短歌は俳句に比べて長いので、物語の起承転結を十分に説明することができるのです。それに比べて、俳句には、物語の流れなどとても盛り込めません。

まるでひとつの場面しか切り取れない一枚のスナップ写真のよう、ともいえるでしょう。でも、このつぶやきのようなことばが、俳句のおもしろさでもあります。

全部いってしまわずに、ちょっといったことばが、深い連想やイメージを誘い出し、読み手のさまざまな思いを広げてくれるのです。

俳句と川柳についても考えてみましょう。川柳は、俳句と同様に五・七・五です。川柳は、前句付《まえくづけ》という江戸時代の遊びから出たもので、切字や季語などの制約がなく、人情や風俗を滑稽な機知にからめて表します。これに対し、**俳句は、あくまでも作者個人の世界を自然（季語）に託して表現しています。**

句の滑稽さ、おかしみということからいえば、川柳なのか俳句なのかわからない句もたくさんありました。が、松尾芭蕉が現れて、俳句をただおかしいだけの遊びから、ひとりひとりの心のひだを読む詩に変えました。

世間一般の誰にでも共通する笑いや、うがち・風刺を求めるのが川柳で、心の内側を個人の感じかたで詠むのが俳句なのです。

川柳でも、哀れみや悲しい女の生きかたなどを表現することがあります。その場合も、「世間一般の悲しい女」を詠むなら川柳ですし、世間とは関係ないところで、女として、人間として悲しむひとりの自分を表現するなら俳句なのです。

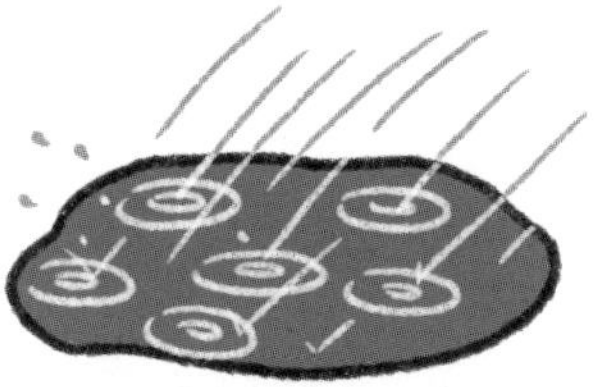

3 句集を一冊、読んでみましょう

◇句集を読み込み、気に入った句は暗記を

他人の冷静な目で、作品に対する批評を受けたり、添削してもらうことは、句作の腕を上げるのにとても有効です。ときには、きびしい批評に傷つくこともあるかもしれませんが、それは気にしないようにしましょう。

また、ただ批評してもらうばかりではなく、他人の作品を読んで選んだり、批評したり、添削してみるのも、レベルアップにつながります。そのためには、句集が役立ちます。

自分用の句集なら、好きな句に○印、大好きな句には◎や花丸印などをつ

けてもいいでしょう。「!」や「?」など、自分のオリジナルの記号もおおいに活用してください。また、「ここはよくわからない」とか、「ここがちょっと気に入らない」「こうすれば、もっとよくなるはず」など、思いついたことを、どんどん書き込んでいきます。

著名な俳人の句でも、おおいに添削してみることをおすすめします。句の横に、感想をあれこれ書き入れてください。

初心者のうちは、勉強のために、一冊の句集を汚しに汚して読み込んでみることをおすすめします。一冊の句集に自分なりの印や感想を書き込んだら、それを一年後に読み返してみてください。不思議なもので、俳句は一回読んだ句でも、次の年に読むと、まったく違ったように感じられます。

いいと思う句の好みも変わるでしょうし、「?」の印をつけていた疑問部分が、すんなりとわかるようになっていることもあります。そうした新しい発見がおのずと進歩となっていくのです。

よい句をたくさん読み込んで、自分なりに批評しつつ、気に入った句は暗記することも大切です。とくに、古今の代表的な俳句は、できるだけ多くの句を暗記しましょう。たちどころに十句、二十句と口から出るようになれば、作句の力もぐんと上がっているはずです。

❹ 俳句がより上達するために

まずは発表の場をもちましょう

自分の俳句を句帖に書きとめて、眺めて楽しむというのは、俳句の基本的な楽しみかたです。

しかし、俳句にはもっと大きな楽しみがあります。それは、自分の作品を多くの人に見てもらうことです。あなた個人の小さな喜びや、ちょっとしたできごと、他人にはなかなかわかってもらえない悲しみは、俳句という小さな詩の形で読む人に伝えることができます。共感を得たときには、思いは十倍、百倍にもふくらんで、心にしみ込んでゆくのが俳句です。

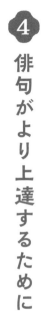

俳句は他人に見せて、はじめて作品になるともいえるでしょう。もちろん、作品を発表して他人の目にさらせば、ときには、きびしい批評を受けることもあります。でも、めげないで受け流すことが大切です。マイペースでつくり続け、自分の世界を大切にしましょう。それが上達の道です。

◇句会に参加してみましょう

句会に参加して楽しむ方法もあります。句会というのは、自分のつくった句を持ち寄って無記名で発表し、互いに感想をいい合ったり、批評し合ったりする勉強会です。句会には、地域でやっているものや、俳句結社でやっているものなど、さまざまなものがあります。

私も、「童子《どうじ》」という結社をもっています。会員が五百名ほどいて、毎月、日本中のあちこちで、何人かが集まっては句会を開いています。結社に所属すると、俳句を楽しむ仲間がたくさんできますから、句作にも張り合いができ、より俳句が楽しくなるでしょう。

句会にはいろいろなタイプがあります。「童子」では、初心者向き、中級者の集まり、上級者の鍛錬会、夜は出かけにくい若い母親だけのための昼間の句会、ビジネスパーソンのための都心の夜の句会、それぞれの地域で月の決まった曜日に開く句会、出かけられない人のためのファックスやインターネットをつかった通信句会など、さまざまです。事情はほかの結社も同じです。俳句をはじめたら、ぜひ句会に参加してみることをおすすめします。

句会で用いられる用語

雑詠《ざつえい》 とくにテーマを決めずに、自由に俳句をつくること

題詠《だいえい》 あらかじめ決められたテーマや季語で俳句をつくること

当季《とうき》 その季節のいまの季語で俳句をつくること

当季雑詠《とうきざつえい》 その季節の季語で、夏なら夏の季語で、冬なら冬の季語で自由に俳句をつくること

兼題《けんだい》 宿題のこと。あらかじめ出された題で、句会の日までに俳句をつくること

席題《せきだい》 句会の席で、その場で出された題で俳句をつくること

属目《しょくもく》 題を出さず、目にふれたもので自由に即興で、俳句をつくること

◇自分の句集を目標にしましょう

俳句をつくれるようになったら、やはり、自分の句集を出すことを目標としたいものです。いまは、自費出版でいくらでも本を出すことができます。

俳句は、どこまでも自分のためにつくるものです。たとえ、つたない句でも、

それはあなたにしかできない作品です。どんなに偉い俳人でも、あなたの人生を代わりに生きるわけにはいかないように、あなたの感じかた、あなたの生きかた、あなたの俳句はあなただけのものです。

一句一句には、つくったときの思いが込められているのですから、それがどんな句であっても大切です。句を書き残すということは、句をつくったそのときを、そこにいた自分とまわりの人を、二度とない自分の人生を愛することにほかなりません。

そうしてつくった句を句集にするのは、なんといっても俳句をやってきた人だけに与えられる喜びなのです。

この本を読んだ人が、一生の生きがいとしての俳句に巡り合ってくださったらうれしいです。

本書は、日本文芸社より刊行された『はじめてのやさしい俳句のつくりかた』を、文庫収録にあたり改題したものです。

辻　桃子（つじ・ももこ）
　1945年横浜市生まれ。東京で育つ。早稲田大学在学中に俳句入門。波多野爽波に師事。87年、月刊俳句誌『童子』を創刊主宰。詩で第1回資生堂花椿賞、俳句で第5回加藤郁乎賞、書で手島右卿特別賞受賞。日本伝統俳句協会理事、日本現代詩歌文学館理事。テレビの俳句番組・雑誌の俳句欄の選者など活躍の場は広い。句集13冊のほか、『あなたの俳句はなぜ佳作どまりなのか』（新潮社）、『いちばんわかりやすい俳句歳時記』シリーズ、『イチからの俳句入門』（ともに安部元気と共著・主婦の友社）など著書多数。

安部元気（あべ・げんき）
　1943年旧満州生まれ。島根県で育つ。元朝日新聞記者。月刊俳句誌『童子』副主宰。第13回加藤郁乎賞、文學の森賞大賞、『童子』大賞受賞。日本伝統俳句協会会員、俳人協会会員。NHK文化センター（弘前市）俳句講師のほか、首都圏13ヶ所で「一からはじめる俳句講座」「やさしい句会」を主宰。「俳句甲子園」審査委員なども務める。句集4冊。著書に『美しい日本語・季語の勉強』（辻桃子と共著、創元社）ほか多数。

知的生きかた文庫

はじめての俳句《はいく》レッスン

著　者　辻《つじ》　桃子《ももこ》
　　　　安部《あべ》元気《げんき》
発行者　押鐘太陽
発行所　株式会社三笠書房
〒一〇二−〇〇七二　東京都千代田区飯田橋三−三−一
電話〇三−五二二六−五七三四〈営業部〉
　　〇三−五二二六−五七三一〈編集部〉
https://www.mikasashobo.co.jp
印刷　誠宏印刷
製本　若林製本工場

ISBN978-4-8379-8854-0 C0130

知的生きかた文庫

体がよみがえる「長寿食」

藤田紘一郎

〝腸健康法〟の第一人者、書き下ろし！年代によって体質は変わります。自分に合った食べ方をしながら「長寿遺伝子」を目覚めさせる食品を賢く摂る方法。

疲れない体をつくる免疫力

安保 徹

免疫学の世界的権威・安保徹先生が、「疲れない体」をつくる生活習慣をわかりやすく解説。ちょっとした工夫で、免疫力が高まり、「病気にならない体」が手に入る！

40歳からは食べ方を変えなさい！

済陽高穂

ガン治療の名医が、長年の食療法研究をもとに「40歳から若くなる食習慣」を紹介。りんご＋蜂蜜、焼き魚＋レモン……「やせる食べ方」「若返る食べ方」満載！

ズボラでもラクラク！
飲んでも食べても中性脂肪
コレステロールがみるみる下がる！

板倉弘重

我慢も挫折もなし！うまいものを食べながら！最高のお酒を味わいながら！好きに飲んで食べてたいズボラな人でも劇的に数値改善する方法盛りだくさんの一冊！

食べれば食べるほど若くなる法

菊池真由子

1万人の悩みを解決した管理栄養士が教える簡単アンチエイジング！シミにはミニトマト、シワにはナス、むくみにはきゅうり……肌・髪・体がよみがえる食べ方。

C50454

知的生きかた文庫

小さなことの積み重ね
高橋幸枝

103歳の精神科医が実践した「元気に長生き」の秘訣。できることを一生懸命にやり、ひたむきに、丁寧に時間を重ねる。幸せな人生を送るヒントが満載!

仕事も人間関係もうまくいく放っておく力
枡野俊明

いちいち気にしない。反応しない。関わらない——。わずらわしいことを最小限に抑えて、人生をより楽しく、快適に、健やかに生きるための、99のヒント。

心配事の9割は起こらない
枡野俊明

余計な悩みを抱えないように、他人の価値観に振り回されないように、無駄なものをそぎ落として、限りなくシンプルに生きる——禅が教えてくれる、48のこと。

人生うまくいく人の感情リセット術
樺沢紫苑

この1冊で、世の中の「悩みの9割」が解決できる! 大人気の精神科医が教える、心がみるみる前向きになり、一瞬で「気持ち」を変えられる法。

気にしない練習
名取芳彦

「気にしない人」になるには、ちょっとした練習が必要。仏教的な視点から、うつうつ、イライラ、クヨクヨを〝放念する〟心のトレーニング法を紹介します。

C50475